W0368365

Victor Jestin · Der Tanzende

VICTOR JESTIN

DER TANZENDE

ROMAN

Aus dem Französischen
von Sina de Malafosse

KEIN & ABER

Ebenfalls von Victor Jestin
Hitze

Spotify-Playlist zum Buch: Victor Jestin - Der Tanzende

Die Originalausgabe erschien unter dem Titel
L'homme qui danse bei Flammarion
Copyright © Flammarion, Paris, 2022

Alle Rechte vorbehalten
Copyright © 2023 by Kein & Aber AG Zürich – Berlin
Covergestaltung: Hannes Aechter, Berlin
Satz: Dörlemann Satz, Lemförde
Druck und Bindung: CPI Books GmbH, Leck
ISBN 978-3-0369-5898-9
Auch als eBook erhältlich

www.keinundaber.ch

»Ich würde gern das Lieben lieben.«

FERNANDO PESSOA

Diskotheken enttäuschen am frühen Morgen. Mit einem Mal offenbaren sie das Hässliche, den Schmutz. Das Licht geht an, die Musik aus; es riecht nach Schweiß und Fabrik, der Boden klebt, die Palme ist aus Plastik. Da sind Wände und eine Decke, der Raum hat eine Dimension. Schlimmer noch, alle gehen nach Hause. Außer den Besoffensten, den Verzweifeltsten – wie Kinder, die sich weigern, ins Bett zu gehen. Der Türsteher jagt sie hinaus. Die Party ist vorbei. Zurück bleiben das leere Gebäude und ich, vergessen auf einer Bank ganz hinten.

Meine Augen brennen vom Weinen, mein Kopf ist heiß, ich liege auf der Seite, mit der Wange auf dem Leder. Ich weiß nicht, wann ich eingeschlafen bin. Der Anblick muss traurig und komisch zugleich gewesen sein. Bald werde ich vierzig, hier ist man damit alt, fast tot. Ich habe das Verfallsdatum überschritten. Es ist Zeit zu gehen. Aber ich weiß nicht, wohin.

Ich höre, wie der Barkeeper Gläser spült. Er sieht mich nicht. Alles ist gut. Ich kann Zeit schinden. Wenn ich mit halb zugekniffenen Augen zur Tanzfläche schaue, kann ich mir sogar Leute darauf vorstellen, die tanzende Menge, die Nacht, die weitergeht, nur noch ein bisschen.

GUY

1990

Als ich zum ersten Mal herkam, war ich zehn.

Ich erinnere mich, wie ich auf einer Bank im Pausenhof saß, mit baumelnden Beinen, allein wie ein Neuling, aber ich war keiner, es waren dieselbe Schule und dieselben Mitschüler seit der ersten Klasse. Sie spielten einen Meter weiter Fußball. Ich schaute sie lächelnd an, damit sie mich in eine Mannschaft holten, egal welche.

Da kam Anthony zu mir.

»Am Sonntagnachmittag feiere ich meinen Geburtstag an einem besonderen Ort. Es müssen so viele Jungen wie Mädchen sein, und einer kann nicht kommen, möchtest du für ihn einspringen?«

Sein Angebot rührte mich.

»In Ordnung.«

Er gab mir einen blauen Umschlag und ging weiterspielen.

Meine Eltern waren nicht daran gewöhnt, mich zu Geburtstagsfeiern zu fahren. Es hatte schon ein paar gegeben, aber immer waren es Einladungen von Freunden der Familie oder von Nachbarn gewesen. Die von Anthony war echter. Als ich ihnen die Einladung zeigte, gratulierten sie mir, als wäre es mein eigener Geburtstag. Am Sonntag fuhren wir also um fünfzehn Uhr zum angegebenen Ort. Es war ein Parkplatz mit einem großen gelben und rechteckigen Gebäude in der Mitte, das einem Container glich. Die Gäste standen davor. Anthonys Onkel empfing uns. Er hieß Guy. Blond, muskulös, braungebrannt. Er sah aus wie ein Bademeister oder ein Zeltplatz-Animateur. Er erklärte uns stolz, dass das Gebäude »La Plage« heiße und er der Besitzer sei. Es handele sich um einen »Nachtclub«. Ich wusste nicht, was das war. Meine Eltern hingegen wirkten beunruhigt. Sie fragten mich, ob ich einverstanden sei, hineinzugehen, ich sagte Ja, um die Lage nicht zu verkomplizieren, und sie ließen mich bei Guy, der mich zu den anderen schickte. Die meisten kannte ich, sie waren in meiner Klasse. Ich wollte sie begrüßen, aber Guy klatschte in die Hände.

»Also, ihr Rotzlöffel, wollt ihr sehen, wie es drinnen aussieht?«

Alle riefen »Ja!«. Ich auch, ein wenig leiser, und wir gingen hinein.

Wir liefen in einer Reihe durch einen dunklen Flur. Es roch nach Farbe und Staub, nach noch nicht beendeten Renovierungsarbeiten. Guy öffnete eine zweite Tür, und wir gelangten in einen großen, leeren Raum, eine Art Mehrzweckhalle mit Neonlicht. An den Wänden standen Tische und Stühle. Die Mitte schien für etwas freigeräumt worden zu sein.

»Wollt ihr tanzen?«

Alle riefen wieder »Ja!«. Ich wollte auch, aber dieses Mal kam kein Ton raus. Nun wurde ich von den Ereignissen überrollt. Guy stellte sich an einen Tisch, auf dem ein verkabeltes Gerät stand. Er drückte auf einen Knopf, und die Lichter gingen aus, wurden aber von einer bunten Diskokugel an der Decke ersetzt. Auf einmal herrschte eine gespannte Atmosphäre. Wir wurden alle schöner.

»Die Jungs auf eine Seite, die Mädchen auf die andere. Jungs, wenn ich die Musik anmache, fordert ihr die Mädchen zum Tanzen auf!«

Die zwei Gruppen reihten sich auf. Überrumpelt stellte ich mich dazu. Nur Sekunden später stand ich den Mädchen gegenüber, von ihnen getrennt und zugleich aufgefordert, zu ihnen zu gehen.

Madonna – *Like a Prayer*

Niemand rührte sich.

»Los, Jungs, traut euch!«

Anthony fasste sich als Erster ein Herz. Er ging über die Tanzfläche zu einem Mädchen. Die anderen folgten, Paare bildeten sich. Die Musik wurde ein wenig lauter, und als ob es alle geprobt hätten, fingen sie gleichzeitig an zu tanzen. Ihre Arme und Beine begannen, fantasievolle Bewegungen aneinanderzureihen, sie wirbelten paarweise über den Boden, der sich auf einmal auch bewegte, überflutet von Lichtpunkten. Ich blieb einsam zurück, abgesehen von dem Detail, dass mir gegenüber ein Mädchen stand, das noch einsamer war, übrig geblieben: Aurélie. Sie hatte ihren Pulli über dem Kleid angelassen. Ihre vom Knie abwärts sichtbaren Beine waren auf einmal sehr dünn und ließen sie wie einen Flamingo aussehen. Sie schaute mich verängstigt an. Fürchtete sie, dass ich sie auffordern oder nicht auffordern würde?

»Du bist der Letzte!«, rief mir Guy zu. Der Raum war auf einmal ein Sumpf. Ich steckte fest. Ich versuchte es mehrmals, mit aller Kraft, mit ganzer Entschlossenheit, aber jedes Mal hielt mich etwas davon ab, als ob ich vor einem Sprung ins Wasser zögerte.

Guy verließ sein Pult, um nach mir zu sehen. Die Musik machte ohne ihn weiter, die anderen auch. Wie automatisch.

»Also, Arthur, willst du denn nicht tanzen?«

»Das ist es nicht …«

»Hast du keine Lust, mit ihr zu tanzen?«

»Das ist es nicht …«

»Fürchtest du die Blicke der anderen?«

»Das ist es nicht …«

»Was ist es dann?«

Ich suchte nach Worten, um es ihm zu erklären.

»Ich stecke fest.«

»Aber nein, du steckst nicht fest.«

»Ich schwöre es Ihnen.«

»Gib mir deine Hand.«

Er nahm meine Hand und führte mich hinüber zu Aurélie. Ich spürte, wie meine Füße über den Boden schleiften wie ein Schrank, den man übers Parkett zog, und doch ging ich, einen Schritt nach dem anderen.

»Siehst du, du steckst nicht fest.«

Vor Aurélie ließ er meine Hand los.

»Nun fordere sie auf.«

Sie schaute auf ihre Schuhe und ich auf meine.

»Fordere sie auf, du siehst doch, dass es ihr peinlich ist.«

Ich sah es, und es tat mir leid. Ich hatte nichts gegen sie. Unter anderen Bedingen hätte ich sie gerne kennengelernt. Doch es gelang mir einfach nicht, zu tanzen. Aber ich musste. Die anderen starrten mich an. Scham überkam mich. Ich war unhöflich, ich verdarb die Party. Man würde mich nie wieder einladen.

Ich schaffte es, eine Hand zu heben und sie ein

paar Sekunden auf halber Höhe zu halten, zwischen Aurélie und mir. Plötzlich ergriff sie sie. Ich packte zu. Wir hingen aneinander fest.

»Und nun tanze mit ihr.«

Ich wusste nicht, wie. Niemand hatte es mir gezeigt. Es fehlte der Impuls, um anzufangen. Jede Idee einer Bewegung trug all jene in sich, auf die man verzichten musste. Ich startete mehrere Anläufe, wie ein absaufendes Auto. Meine Anstrengungen waren unsichtbar. Man hätte meinen können, dass ich mich einfach nur zierte.

»Jetzt aber, so schwierig ist das doch nicht! Du musst nur loslegen! Schau!«

Und Guy fing an zu tanzen, hob abwechselnd die Beine, schnippte lächelnd mit den Fingern. Ich fand das hässlich. Er wollte unbedingt, dass ich tanzte, er war ganz besessen. Was würde geschehen, wenn ich mich weiterhin weigerte? Würde er losschreien? Ich könnte weinen. Nur das blieb mir noch, um mir Gehör zu verschaffen, nur dann würde man mich in Ruhe lassen. Aber die Tränen kamen nicht. Meine Wut nahm alles ein.

Ich ließ Aurélies Hand los.

»Gut«, seufzte Guy, »das reicht. Das hier ist ein Nachtclub, der ist zum Tanzen da. Was, wenn es alle so machen würden wie du? Tanz mit mir, ich werde es dir zeigen.«

Er griff ruppig nach meiner Hand. Plötzlich schrie ich »Nein!« und schlug mit meiner freien Hand auf seine. Das knallte. Ich schaute ihn mit zusammengebissenen Zähnen an und glaubte wirklich, er würde gleich losbrüllen. Stattdessen gab er mir eine Ohrfeige, eine saftige Ohrfeige, die ebenfalls knallte und meine Wange brennen ließ. Nun flossen die Tränen. Guy legte das Gesicht in die Hände und stöhnte. Die anderen erstarrten. Nur die Musik und das Licht machten weiter, wie um nicht lockerzulassen: Los, Arthur, nur ein kleiner Schritt, der Rest kommt von allein …

VINCENT

1998

Acht Jahre später ging es wieder los.

»Jungs, gehen wir tanzen?«

Ich rauchte bei Vincent auf dem Sofa, mit zwei anderen Jungen, an die ich mich kaum erinnern kann, Statisten. An Vincent erinnere ich mich. Er war imposant, trug immer weiße T-Shirts und schmutzige Jeans, die manchmal stark rochen, aber selbst sein Geruch war ihm zuträglich, war wie seine Gesten Teil einer Männlichkeit, die vor unserer herangereift war, eines Männerkörpers. Er war Rechtshänder, rauchte aber mit der Linken. Ich mochte die Art, wie er in seiner Tasche nach dem Feuerzeug suchte, im Mund eine Zigarette, sie mit geneigtem Kopf anzündete und jeden Satz mit einem langen Zug beendete, bei dem wir an seinen Lippen hingen, bis er am Ende die Kippe wegwarf, um zu signalisieren, dass das Gespräch beendet war. Ich saß neben ihm, eine Pobacke in der Luft, und konzentrierte mich darauf, nicht zu paffen, sondern wie bei den Proben in meinem Zimmer ganz tief zu inhalieren. Ich erhoffte mir ein wenig Vergnügen, nur ein bisschen, damit man es meinem Gesicht ansah, aber es war eklig, ein Geschmack von Staub und Tod, der mir die Tränen in die Augen trieb. Ich behauptete, allergisch auf das Sofa zu sein. Ich hätte alles getan, um dort zu bleiben, auf der gemeinsamen Wolke, auf Bewährung. In Wahrheit war ich nur halb ihr Freund. Ich war eine Option, ein Anhängsel, das durch den Zahn der Zeit, durch Verschleiß in der Clique implantiert worden war, die Art von Freund, dessen Anwesenheit und Abwesenheit die gleiche zu vernachlässigende Bedeutung haben.

»Gehen wir jetzt tanzen, oder was?«, wiederholte Vincent.

Ich tat weiterhin so, als würde ich nichts hören, während ich darauf wartete, dass die anderen für mich ablehnten.

»Warum sollten wir tanzen gehen?«

»Ich habe genug davon, abends hierzubleiben. Mir ist lieber, es sind haufenweise Leute da.«

»Die lassen uns doch nie rein.«

»Doch, ich bin schon einmal mit Freunden meines Bruders dorthin, sie wollten meinen Ausweis nicht sehen.«

»Ich hab ohnehin keine Lust zu tanzen.«

»Das will ich auch nicht. Ich scheiß aufs Tanzen.

Man tanzt nicht, um zu tanzen, sondern um eine aufzureißen.«

Aufreißen, bei dem Wort wurde mir übel. In ihrer Sprache hieß das Knutschen. Seit einiger Zeit nahm sie dieses Thema völlig in Beschlag. Auf dem Gymnasium war es langsam losgegangen: Ihre Körper waren massiver geworden, ihre Stimmen hatten sich verändert, ihre Blicke waren nach und nach an den Mädchen haften geblieben, wo sie von den Brüsten über ihre Beine, ihren Hintern glitten, die in ihrer Sprache Ärsche geworden waren, und ich sagte es errötend nach. Ich war nicht bereit dafür. Ich sah noch immer aus wie ein Kind.

»Kommt schon«, hakte Vincent nach, »ich habe das Gefühl, dass Arthur dort Erfolg haben wird.«

Sie lachten und ich auch, mit verkniffenem Gesicht. Vincent wollte immer, dass ich aufriss. Jedes Mal, wenn wir ausgingen, suchte er nach einer Gelegenheit für mich. Das war regelrecht zu seiner Mission geworden, ehrenamtlich, sozial, humanitär. Mein Fall ließ ihn nicht los. Ich hatte noch nie jemanden geküsst. Nicht mal ein kleiner Schmatz in einer verborgenen Ecke des Schulhofs. Während die anderen bereits an Sex dachten, trat ich auf der Stelle, als würde ich auf dem Startfeld eines Spielbretts festsitzen. Eines Tages würde ich vorankommen müssen, und wenn auch nur, damit sie aufhörten zu lachen.

»Ich bin dabei«, sagte ich plötzlich mit aufwallendem Mut.

Bevor wir aufbrachen, hatten die anderen telefonisch um Erlaubnis fragen müssen. Sie beneideten uns, Vincent und mich, um unsere Freiheit. Unsere Eltern hielten uns nie vom Ausgehen ab, aber aus unterschiedlichen Gründen: Seine, weil sie nur selten da waren, meine, weil jedes Zeichen von Sozialisierung eine gute Nachricht war, ein kleiner Sieg über meine Einsamkeit.

Um diese Zeit war im Stadtzentrum wenig los; ein paar nach Mitternacht geöffnete Bars, unser Lieblingskiosk, ein Kebab-Laden, wo man am Ende der Nacht landete, der Nachtbus in den leeren Straßen, und, am anderen Ufer der Loire, vor dem Industriegebiet, La Plage, die einzige Disko der Stadt, ein glänzendes gelbes Rechteck am Wasser. Ich ging nie dort vorbei. Als wir näher kamen, schlug mir etwas auf den Magen, und es waren nicht nur die Bässe, die durch die Wände wummerten – ich erkannte den Ort wieder und mit ihm eine alte Angst, so wie man sich an eine bestimmte Straßenecke erinnert, an eine geometrische Anordnung, wo der Schmerz seine Spuren hinterlassen hat.

Wir gingen über die Brücke und den Parkplatz zum Eingang. Auf der Fassade prangte in großen

Neonlettern »La Plage«. Mehrere Leute standen Schlange. Wir stellten uns dazu. Ich tat entspannt, die anderen vielleicht auch, aber es gelang ihnen besser als mir. Alle hier schienen volljährig zu sein, zwischen zwanzig und dreißig Jahre alt. Als wir vor dem Türsteher standen, fiel sein Blick auf mich. Ich fürchtete, dass wir meinetwegen abgewiesen würden, weil ich nicht begehrenswert genug war, nicht genug begehrte, was auch immer. Ich hielt mich aufrecht. Ich hätte etwas Suspektes tun können, auf die Erde spucken zum Beispiel, damit seine Ablehnung sich darauf richtete und nicht auf mich.

»Okay.«

Wir gingen hinein. Vincent und die anderen jubelten, als hätten sie gerade eine Bank ausgeraubt. In der Schleuse wurde die Musik lauter, das Gebäude schien langsam in der Erde zu versinken. Schwimmbadschleusen, Umkleidekabinen, Warteschlangen vor Attraktionen, Durchgänge aller Art, Vorzimmer der Panik – mein Herz begann systematisch, schneller zu schlagen, und ich zog meine verschränkten Arme vor die Brust, um mit meinen Fäusten das Pochen einzudämmen. Wir ließen unsere Jacken am dafür vorgesehenen Ort. Jeder von uns bekam einen Jeton. Als der Gang enger wurde, kam es mir auf einmal so vor, als würde ich in die

Fabrik gehen, nicht auf eine Feier, sondern in die Fabrik, zur Arbeit, in die Mine.

Daft Punk – *Around the World*

Drinnen gab es eine Bar, eine künstliche Palme, eine Spiegelwand, in den Ecken Bänke aus violettem Leder und in der Mitte eine rechteckige Tanzfläche, wo sie zu Hunderten in einem Gemisch aus Musik, Farben und Rauch tanzten. Das war, was ich sah. Gleichförmig und anhaltend. Das Gefühl, von einer Bewegung in vollem Gange mitgerissen zu werden, währte nur kurz; schon nach ein paar Schritten waren wir vollständig von der Atmosphäre aufgesogen, von den Lichtern hineingezogen. Unsere T-Shirts, Schuhe und Zähne fingen an zu leuchten wie beim Bowling. Ich spürte die anderen in Erregung geraten. Sie sagten etwas, was ich nicht verstand, da die Musik zu laut war. Wir gingen um die Tanzfläche herum zur Bar. Vincent, das sah ich an seinem Gang, fand Gefallen daran, nicht zu tanzen, den Moment hinauszuzögern, wie es selbstbewusste Leute tun. Ich versuchte, ihn zu imitieren. Solange ich nicht tanzte, wies nichts darauf hin, dass ich kein großer Tänzer war, ein Verführer, der sein Game ziemlich gut hinter seiner Verlorenheit versteckte.

»Vier Gin Tonic«, brüllte Vincent dem Barkeeper zu, ohne nach unserer Meinung zu fragen, und legte hundert Francs auf den Tresen.

Ich hätte mich nie getraut, für alle zu bestellen. Das war wie in der Kantine den Aufbruch zu initiieren, indem man zuerst aufstand, nur Anführer wussten, wie man das machte. Ich wusste nicht, was ein Gin Tonic war, und mir wäre eine Cola lieber gewesen, höchstens ein Apfelkorn, aber ich sagte nichts. Anschließend folgte ich ihnen zu den Bänken und hielt dabei mein Glas als Entschuldigung dafür, dass ich nicht tanzte, konzentriert nach oben. Alkohol floss in meinen Hemdärmel. Wir setzten uns nebeneinander an den Rand der Tanzfläche. Noch nie hatte ich gesehen, wie sich so viele Leute im selben Raum bewegten. Um sie nicht anzuschauen, hob ich den Blick. An der Decke wirbelten in höllischer Geschwindigkeit Dutzende irrer Spots, jeder mit einer eigenen Farbe und Bahn, seiner eigenen kleinen Partitur inmitten des Chaos. Sie wirkten erschöpft, sogar ein bisschen mitleiderregend. Ich schaute wieder nach unten, konzentrierte mich auf die Musik. In meinen Füßen zuckte die Lust, mit ihnen wie auf einem Konzert zu wippen, ein ruhiges Konzert, bei dem jeder sitzen bleibt, das hätte mir gefallen. Neben mir unterhielten sich die drei anderen, indem sie einander ins Ohr brüllten. Ich glaubte zu hören, wie Vincent von einer Party erzählte, auf der er letztes Wochenende war. Das war sein Lieblingsthema. Noch mehr als das Ausgehen gefiel ihm, davon zu erzählen. Das Vergnügen eines Abends bestand in der Erinnerung, die er daraus formte. Er übertrieb es immer. Die anderen hörten ihm lachend zu, lachten noch vor der Pointe, so sehr hatten sie Lust zu lachen, längst verführt und überzeugt. Ich reckte den Hals, um mich einzuklinken, mich in das Dreieck ihrer Körper einzufügen, aber es gelang mir nicht, denn ihre Schultern drängten mich zurück, ohne dass sie es bemerkt hätten. Ich lachte willkürlich, aber meine Stimme glitt ab ins Schrille, also hörten sie mich nicht. Resigniert starrte ich zu Boden und trank meinen Gin Tonic. Gin mit Schweppes. Sehr bitter. Blähend. Was mache ich hier bloß, fuhr es mir durch den Kopf.

Vincent stand auf. Er tat ein paar Schritte und fing an zu tanzen, schwang mit zusammengekniffenen Lippen die Hüften, seine Arme rotierten langsam an seinem Körper, als würde er in Zeitlupe joggen. Er schob sich in die Mitte der Tanzfläche und verschwand in der Menge.

»Verdammt, der kann tanzen!«

»Der Arsch hat echt was drauf.«

Sie folgten ihm wie die Fliegen.

»Ich trinke aus und komme nach!«, rief ich.

Die Bank ohne Armstützen kam mir auf einmal zu groß vor. Ich sog am Strohhalm, und es entstanden widerliche Blasen. Ich zündete mir eine

Zigarette an. Noch ein paar Minuten, und ich lege los, nahm ich mir vor. Die Tanzfläche lag vor mir wie das Meer. Dort draußen waren die Mädchen, die ich ansprechen sollte. Es war ein Ball. Walzer wurde nicht getanzt, aber es war dennoch ein Ball, archaisch und grausam. Jeder suchte sich einen Partner. Wenn die Menge eine ungerade Zahl ergab, würde einer von uns am Ende allein dastehen, und ich riskierte, derjenige zu sein, wie früher beim Reise-nach-Jerusalem-Spiel. Alle beeilten sich. Sahen sich ähnlich. Verschwammen in diesem Licht, das auf sie fiel, um ihre Gesichter zu glätten, ihre Pickel auszuradieren, ihnen neue Formen zu verleihen. Es herrschte eine erregte, sogar gefährliche Stimmung, denn alle, schöner geworden, mussten nun umso länger warten, den Club mit mehr Begehren füllen, als er aufnehmen konnte. Es gab sicher irgendwo einen Schalter, der die Neonröhren an der Decke anschaltete und alle zusammenzucken ließ, da sie plötzlich in den Armen eines rotgesichtigen und verschwitzten Unbekannten erwachten.

Ich musste loslegen. Es schien so, als würde ich sonst stunden- und tagelang hier sitzen können, ohne dass jemand mich holte. Ich musste es versuchen, den Teufel herausfordern. Ich stand auf. Die Grenze zur Tanzfläche war nicht eindeutig, es gab weder einen Leuchtstreifen noch eine andere

Bodenfarbe. Der einzige Orientierungspunkt war der Saum der Menge selbst, die Tanzzone begann mit dem äußersten Körper. Zwischen ihm und mir blieben noch ein, zwei Meter Leere, no man's land. Ich überwand sie, einen Schritt nach dem anderen, vorsichtig wie auf der Eisbahn. Da war ich. Mit all meinen Körperteilen, selbst den belanglosesten, Finger, Füße, Ohren, für die ich auf einmal eine Haltung finden musste, deren Anwesenheit ich hier rechtfertigen musste. Wie tanzt man los, wie macht man die erste Bewegung? Ich schaffte es nicht. Die Sekunden verstrichen, ich sah, wie sich die Blicke auf mich richteten, und Panik stieg in mir auf. Die einzige Alternative zur Demütigung bestand darin, zielgerichtet weiterzugehen, egal wohin, wie im Pausenhof. Ich setzte mich in Bewegung und schritt entschlossen Richtung Bar. Solange ich konnte, ging ich an den Bänken entlang, doch es kam der Moment, da ich abbiegen und über die Tanzfläche gehen musste, wenn ich mich nicht an der Wand stoßen wollte. Ich schlängelte mich zwischen den Körpern durch. Ihre Gerüche vermischten sich zu einem einzigen umfassenden, offiziellen Schweißdunst. Ich nahm das allgemeine Schweigen wahr; die Körper tanzten, berührten sich, aber gaben keinen Laut von sich. Niemand in diesem Club sagte etwas. Die Münder blieben geschlossen, bildeten

Speichel und öffneten sich nur, um zu trinken oder zu küssen. All das geschah unter dem Deckmantel der Musik. Es musste einen zweiten Schalter geben, dachte ich, um den Ton abzustellen, sodass jeder sein Schweigen bemerkt, das Geräusch der sich reibenden Jeans und des eigenen Atems im Dunkeln.

Ich gelangte zur Bar, wollte mich auf den Tresen stützen, aber er klebte. Der Barkeeper lehnte sich zu mir:

»Was kann ich dir bringen?«

»Ein Glas Wasser, bitte!«

Ich spürte allmählich den Alkohol und mochte das Gefühl nicht. Es gelang mir nie, gelassen zu trinken, die Trunkenheit zu akzeptieren, das bisschen Kontrolle aufzugeben, das ich noch über die Situation hatte. Ich trank mein Eiswasser auf einem der Barhocker, mit dem Rücken zur Menge. Keine Ahnung, wo die anderen waren. Jeder machte wohl sein eigenes Ding. Neben mir döste ein Mann, die Ellenbogen auf den Tresen gestützt und den Kopf in die Hände gelegt. Er wirkte alt, nicht viel jünger als mein Vater. Man hätte meinen können, er hätte sich verirrt. Er tat mir leid. Niemand beachtete ihn, wir waren beide am Rand, im Abseits. Der Tanz pulsierte von der Mitte der Tanzfläche aus und drückte seine Abfälle in konzentrischen Kreisen in die Ecken, an die Bar, auf die Bänke und schließlich nach draußen. Von hier aus konnte ich gut erkennen, dass der Club nicht dieser große gemeinsame Raum war, den er vorgab zu sein. Er war ein Aggregat aus Hierarchiezonen, deren Übergänge vom Dunkel, von der Musik und der Durchgängigkeit des Bodens geglättet wurden. Die Privilegierten, wie Vincent, spürten sie nicht und bewegten sich frei von einer Zone in die andere, aber an den gleichen Übergängen stießen sich manche, als würden sie eine Stufe übersehen, wagten nicht, sich zu rühren oder gar zu tanzen, und drückten sich an dem ihnen zugewiesenen Platz herum. Das war nicht ungerecht, es war ein Antlitz der Ungerechtigkeit. Die Ungerechtigkeit war größer, sie war in den Straßen, in den Schulfluren, in der Stadt und überall sonst. Wieso sollte gerade das La Plage da eine Ausnahme sein?

Ich musste pinkeln. Endlich gab es etwas zu tun, klar und präzise. Auf der Suche nach den Toiletten ging ich an der Wand entlang, fand eine kleine Treppe mit einem Schild. Unten schnitt mich eine schwere Schwingtür von der Musik ab. Die Bässe drangen noch hindurch. Das weiße Licht enthüllte die Hässlichkeit des Ortes, den verdreckten Boden, die langsamen und schweren Körper, die von der Eile angetrieben wurden, zum Tanz zurückzukehren. Ich sah, wie ein betrunkenes Mädchen in eine der Kabinen trat und sich auf die Brille setzte, ihren Hintern direkt in den Dreck, ohne vorher Klopapier draufzulegen, als ob sie sich, getragen vom Elan, vom hartnäckigen Wunsch, sich mit den anderen zu vermengen, vor nichts mehr ekelte. Ich ließ mir Zeit, gut verborgen in einer Ecke.

»Also, werter Herr, wir pinkeln also?«

Ein schwitzender und fröhlicher Vincent hatte sich an das benachbarte Pissoir gestellt.

»Amüsierst du dich?«

»Es geht.«

»Hast du eine aufgerissen?«

»Nein … Noch nicht … Ich schaue mich noch um.«

»Schau dir lieber das an.«

Er drehte sich zu mir und schüttelte mit einem animalischen Röcheln seinen Penis. Ich lachte. Er war stolz. Er hatte einen langen und dicken Penis. Seit Jahren schwenkte er ihn regelmäßig vor meiner Nase herum. Mit zwölf hatte ich ihn zum ersten Mal gesehen. Wir saßen bei ihm zu Hause vor dem Fernseher, und er fragte: »Sollen wir uns einen runterholen?« Ich erwiderte: »Ja, warum nicht.« Er stellte ein Kissen zwischen uns auf, mehr aus Prinzip, wie mir schien, denn man musste nur den Hals ein wenig recken, um alles zu sehen. Kurz erblickte ich ihn, mit Venen und Haaren. Vincent hatte Taschentücher hervorgeholt, und ich hatte gefragt, wozu. »Für das Sperma.« Ich war rot geworden: Ich hatte keins. Jeden Abend masturbierte ich und betete, es möge herauskommen, aber nein, meine Orgasmen geschahen ohne, kein Weiß, kein Beweis. Vincent kam mit einem Schrei. Er zeigte mir sein beschmutztes Taschentuch wie den Kopf eines enthaupteten Gegners. Als er aufstand, um es wegzuwerfen, nutzte ich den Moment, um auf meines zu spucken und es ihm dann hinzuhalten. »Das soll Sperma sein?«, hatte er gefragt. Ich hatte es geschworen, er hatte gelacht. Seit dem Tag bekam ich sein Genital zu sehen und zeigte ihm manchmal meines, denn bei Vincent musste man sein Begehren ausstellen, es bei jeder Kontrolle vorzeigen wie Ausweispapiere. Man musste steif werden. Man musste sich Platz verschaffen, auf der Straße laut sprechen, auf Ärsche glotzen, »Arsch« sagen, sich feiern lassen. Er zog seinen Reißverschluss hoch.

»Ich geh zurück. Ich bin da an was dran.«

Er ging, ohne sich die Hände zu waschen. Ich stand vor dem Spiegel und schaute mich an. Ich war weder hässlich noch schön. Mein Gesicht war ein wenig zu kantig, mein Körper zu langgliedrig, zu schmal, mein Kopf hing nach vorn wie in Erwartung des Beils. Mein Hemd glich einem Schiffssegel. Meine Hose schlotterte, auf Höhe der Oberschenkel war die Luft zwischen dem Stoff und meinen mageren Beinen spürbar. Meine Schuhe waren korrekt. Voilà. Ich war durchschnittlich. Ich verstand vollkommen, dass sich niemand besonders von mir angezogen fühlte. Doch ich musste es versuchen. Noch einmal. Los. Hinterher wäre ich froh darüber. Ich kehrte ins Getümmel zurück wie in den Krieg. Nichts hatte sich verändert, sogar die Musik schien auf der Stelle zu treten, und doch hatte im Schatten harte Arbeit stattgefunden, minutenlanges Anmachen und Annähern, kaum sichtbare Fortschritte, wenn man sich nicht über die Körper beugte und nach den neuen Paaren suchte, nach denen, die es bald sein würden, den Abwesenden und schließlich all denen, die allein geblieben waren. Ich drängte mich, ohne nachzudenken, zwischen sie. Ich wippte mit dem Fuß und schaffte es, am Rand der Tanzfläche zu balancieren wie auf einer Reling. Dieses Mal zwang ich mich, die Mädchen anzuschauen, den Blick nicht zu senken. Sie sahen alle älter und reifer aus. Sie beachteten mich nicht, als wäre ich ein Kind, das zwischen ihren Beinen herumlief. Doch ich bemerkte eine kleine Gruppe, etwa mein Alter, vielleicht achtzehn Jahre. Es ging darum, einen Blick aufzufangen, egal welchen, sich dann zu nähern, zu berühren, zu küssen. Das sollte nicht so schwierig sein. Roch mein Atem schlecht? Wahrscheinlich. Ich schwieg schon seit einer Weile, während Gin und Spucke in meinem Mund gärten. Ich zog einen Kaugummi aus der Hosentasche, täuschte ein Gähnen vor und warf ihn unter die Zunge. Ich gähnte wirklich. Ich war müde. Ich hatte keine Lust. Keine Energie, der Nacht einen Kuss abzuringen, den ich meinen Kumpeln vorführen konnte. Ich brauchte mehr Ruhe und Zeit. Gern hätte ich gewusst, wer eines Tages das Dekret erlassen hatte, dass sich Begehren erst zeigte, wenn es Abend war, unter Alkohol, im Trubel. Mir wäre ein ruhiger Nachmittag lieber gewesen. Egal. Ich setzte mich wieder auf die Bank.

Kurz darauf tauchte ein vertrautes Gesicht in der Menge auf. Amandine, ein Mädchen aus meiner Klasse, das tanzte, ohne Aufsehen zu erregen, wie um sich für seine Anwesenheit zu entschuldigen, sichtlich allein. Ich beobachtete sie. Ich hatte sie immer gemocht. Im Unterricht versuchte ich oft, den Platz neben ihr zu ergattern. Ihre Nähe ließ mein Herz schneller schlagen und verlieh meinem Tag Bedeutung. Ich fasste wieder ein bisschen Mut. Das war der Moment, mein Glück zu versuchen.

»Verdammt, tut das gut zu sitzen!«

Vincent hatte sich neben mich fallen lassen. Er war betrunken. Es ärgerte mich, wie er breitbeinig dasaß, die Arme ausgebreitet auf der Rückenlehne.

»Ich habe eine aufgerissen!«, brüllte er mir ins Ohr. »Aber sie wollte nicht mehr! Ich muss eine andere finden, die gern ficken will! Eine, die verzweifelter ist! Das ist das Geheimnis! Man muss eine aussuchen, die einen offensichtlichen Makel hat, zum Beispiel eine zu lange Nase oder Segelohren! Einen Makel, der sie unsicher macht! Wenn du damit klarkommst, hast du freie Bahn! Stürz dich in die Lücke! Schau, da ist die dicke Amandine! Das ist einen Versuch wert!«

Er sprang auf, ging zu ihr und streckte ihr eine Hand hin. Überrascht griff sie danach wie nach einem Rettungsring. Meine Bitterkeit wich rasch einer nüchternen Resignation: Dass ich scheiterte, ohne es überhaupt versucht zu haben, lag in der Ordnung der Dinge, ich konnte mir keine Eifersucht erlauben. Ich saß nur drei, vier Meter entfernt und schaute ihnen beim Tanzen zu. Vincent bewegte sich gut. Ihm gelangen rockige Moves auf Elektro, er war sich seiner Legitimität bewusst, seiner Großzügigkeit gegenüber Amandine, die sich führen ließ, den Blick auf ihn gerichtet, das Gesicht starr vor Faszination, um ihr Glück wissend. Der Song endete, gefolgt von einem langsameren, fast ein Slow. Ich hatte nicht gedacht, dass es diese Art von Tanz noch gab. Alles im Club schien sich zu verlangsamen, zu versüßen, ich fand das schön.

Mit einem ernsten, von der Lüge rissigen Lächeln beugte sich Vincent vor, um Amandine zu küssen. Sie blieben lange umschlungen, ihre Hände waren an seiner Hüfte, seine glitten von ihrem Rücken zu ihrem Hintern und zogen ihn heran, eine Bedingung, wenn die Umarmung andauern sollte. Kurz schaute er zu mir, um mir zuzuzwinkern, und ich antwortete mit einem verschwörerischen, verschmitzten, verhöhnenden Lächeln. Ich wollte nur weg. Das war mein gutes Recht. Ich konnte mich sogar ohne Abschied davonstehlen. Aber Vincent hätte es mir vorgeworfen. Ich raffte mich auf und ging zu ihm, steif inmitten der Tanzenden.

»Ich wollte dir nur sagen, dass ich gehe, sorry, ich bin müde!«

Er begnügte sich mit einem erhobenen Daumen, er war mit Amandine beschäftigt. Sie traute ich mich nicht anzusehen. Ein letztes Mal ging ich über die Tanzfläche, die nun, da ich sie verließ, nichts Furchterregendes mehr an sich hatte. Ich ließ mir sogar genüsslich Zeit, wie ich es als Kind im Pausenhof gemacht hatte, wenn die Glocke läutete. Bevor ich durch die erste Tür ging, warf ich einen Blick über die Schulter. Die Party ging weiter, ohne sich um mein Fortgehen zu kümmern. Ich hätte mir gewünscht, man würde mich zurückhalten, oder dass alle gleichzeitig mit mir schlafen gingen.

Ich durchquerte die Schleuse, holte meine Jacke an der Garderobe ab, die zwischen den anderen eine Leerstelle ließ.

Die frische Luft hatte die gleiche Wirkung wie Schuhe nach dem Eislaufen: Der Boden war zu präsent, die Beine waren schwer, die Zeit verlangsamt, dann kam nach und nach die Freude am einfachen, ungehemmten Laufen. Der Türsteher bot mir an, einen Stempel auf meinen Unterarm zu drücken, falls ich noch mal wiederkäme. Ich lehnte ab, das hatte ich nicht vor. Während ich wegging, war ich dennoch ein wenig traurig bei dem Gedanken, dass ich einmal mehr aufgab und den großen Abend aufschob.

Am Ufer lehnten Prostituierte an der Wand, die sich in ihren engen Daunenjacken und schwarzen Strumpfhosen alle ähnelten. Sie pfiffen mir hinterher, als ich vorbeiging. Obwohl es peinlich war, gefiel es mir, als potenzieller Kunde wahrgenommen zu werden. Der Gedanke reizte mich sogar. Schließlich genügte es, dass ich mir ein Herz fasste, um die anderen mit einem Mal zu überholen, mich hinter ihrem Rücken entjungfern zu lassen. Ich kannte weder den Preis noch das Prozedere. Während ich nachdachte, spürte ich, wie ich zum Ufer abdriftete, entschlossen, nach drei weiteren Schritten resigniert, der Slalomlauf eines Betrunkenen. Nein, das konnte ich nicht machen. Das war Betrug. Vincent würde es nicht gelten lassen. Ich warf ihnen einen entschuldigenden, fast schuldigen Blick zu, wie wenn man mich um einen Zigarette bat und ich keine hatte. Die Hände in den Taschen vergraben und mit gesenktem Kopf ging ich nach Hause.

Ich wohnte zwanzig Minuten vom Stadtzentrum entfernt in einer großen Reihenhaussiedlung, mit meinen Eltern und meinem zwei Jahre jüngeren Bruder Sylvain. Als ich heimkam, brannte zu meiner Überraschung das Licht im Wohnzimmer. Ich schaute auf die Uhr: Es war erst ein Uhr morgens. Meinem Empfinden nach war viel mehr Zeit vergangen.

Mein Vater saß entspannt auf dem Sofa und schaute einen Actionfilm im Fernsehen, die Beine auf dem Couchtisch ausgestreckt, die Hände auf dem Bauch, weit entfernt vom Trubel, in einer Welt ohne Nachtclubs. Als er mich hörte, drehte er sich lächelnd um. Jedes Mal glaubte ich in diesem Lächeln kurz die Hoffnung aufglimmen zu sehen, mich in Begleitung zu erwischen, doch sie wurde immer enttäuscht und diskret übertüncht.

»Huhu, hattest du einen schönen Abend?«

»War okay.«

»Wo wart ihr?«

»Im La Plage, dem Nachtclub am Fluss.«

»Im Nachtclub, wirklich! Ich hätte nicht gedacht, dass dir so was gefällt. Hast du getanzt?«

»Ein bisschen.«

»Wie nett. Aber es ist noch früh, du hättest länger bleiben können.«

»Ne, ich bin müde.«

Ich ging hoch ins Bad. Meine Kleider stanken nach Zigaretten, Schweiß und Alkohol. Ich steckte sie in die Waschmaschine. Während ich meine Zähne putzte, hörte ich meine Mutter im Flur. Unter dem Vorwand, auf die Toilette zu müssen, stand sie nachts oft auf, wenn ich heimkam, um sich zu vergewissern, dass mir nichts geschehen war und es mir gut ging. Ich öffnete die Tür, um sie zu beruhigen. Sie stand im Pyjama und im Halbschlaf vor mir, auch sie weit weg vom La Plage.

»War es schön?«

»Ja.«

Ich gab ihr einen Kuss und ging ins Bett. Mein Zimmer war still und kühl. Es schien auf mich gewartet zu haben. Mein Verhältnis zu ihm war ambivalent: Ich mochte es als Unterschlupf, hasste es aber auch, es enthielt all meine Einsamkeit.

Trotz Müdigkeit fiel mir das Einschlafen schwer. Mein Herz schlug schnell, der Club folgte mir bis ins Bett, ich sah ihn wieder vor mir, Lichtblitze, die tanzende Masse. Grundlos wurde ich steif. Das überraschte mich. Das kam ungelegen. Jetzt wurde er wach, wie ein schlafender alter Typ, der sich wieder aufrichtet, wenn der Abend vorbei ist und alle schon gegangen sind. Ich hatte nicht die geringste Lust. Es war nicht einmal angenehm. Wie eine Morgenlatte, diese kalte, sonderbare Härte. Um sie loszuwerden und einzuschlafen, begann ich zu masturbieren. Ich versuchte, meine Gedanken zu leeren, aber der Club ließ sich nicht auslöschen. Ich konnte mich noch so sehr bemühen, das Bild blieb, und ebenso der dumpfe Sound der Musik im Rhythmus meines Handgelenks.

DYLAN

2002

Nach dem Abitur verbrachte ich zwei erfolglose Jahre an der kaufmännischen Schule, für die ich mich aus Mangel an Zielstrebigkeit entschieden hatte. Meine Freunde waren auf einer recht kostspieligen Handelsakademie in Nantes, der nächstgrößeren Stadt. Vincent hatte sich nicht mehr gemeldet, und ich schloss daraus, dass er auch von mir nichts hören wollte. Es blieben mir nur ein paar belastende Erinnerungen an ihn, und dann dieses Wort, aufreißen, das nach Notfall klang, nach unerfüllter Mission.

Zwei Jahre lang versuchte ich mein Glück auf Fluren, in Bars, auf WG-Partys. Ich scheiterte nicht einmal am Flirten, sondern bereits an der elementarsten Beziehung, der ersten freundlichen Annäherung. Ich fand keinen Zugang. Die Leute flutschten mir durch die Finger. Zwischen ihnen und mir bestand eine unüberwindbare Distanz. Sie schienen sich in meiner Abwesenheit verbündet zu haben, als hätte ich die Kennenlernparty verpasst, obwohl ich durchaus hingegangen war, und schon damals hatte ich dieses Gefühl. Das Problem war ich. Mir fiel es zum Beispiel schwer, ein Gespräch durchzuhalten. Davon hing alles oder fast alles ab. Für manche war das ganz natürlich, sie hatten ständig und ohne nachzudenken etwas zu sagen, ich dagegen besaß nur einen kleinen Fundus, kramte im immer Gleichen, um das Schweigen zu brechen: Wie gehts? Bist du schon lange hier? Glaubst du, es wird regnen? Und dann ging mir die Puste aus. Es gelang mir nicht, auf ihre Antworten zu reagieren. Ich war uninteressant und wenig interessiert, denn ich nahm mir nicht die Zeit zuzuhören, zu sehr grübelte ich darüber nach, was ich von mir geben könnte, in Wahrheit nicht einmal zwingend etwas mit Substanz, einfach nur Sätze, Wörter, Geräusche. Das war sicher unangenehm. Die Leute gingen mir lieber aus dem Weg. Wenn sie gezwungen waren, mit mir zu reden, merkte ich, wie sie unruhig wurden, sobald in der Nähe ein anderes Gespräch stattfand, als fürchteten sie plötzlich, durch meine Schuld eine entscheidende Information zu verpassen. Meine Schwierigkeiten waren zwar präsent, aber nicht ausgeprägt genug, um bei mir ein Handicap oder ein Alibi dieser Art zu vermuten. Es handelte sich ganz einfach um meinen *Charakter*. Sicher fehlte nicht viel, um daran etwas zu ändern, vielleicht etwas an

Gesicht, Körper, Stimme, ein wenig Humor oder Bildung, etwas, um in einem Raum wahrgenommen zu werden.

2002 begann ich mit Muskeltraining.

Ich war einundzwanzig Jahre alt. Es war der letzte Sommer vor meinem Abschluss und der Beginn meiner Suche nach einem Praktikum. Meine Eltern waren im Urlaub – mein Vater arbeitete im Rathaus, meine Mutter in einem medizinischen Labor –, sie waren mit Sylvain zum Zelten in die Landes gefahren, und ich hielt mich für zu alt, um sie zu begleiten. Ich war also allein und langweilte mich. Ich hatte keine wirklichen Hobbys, ein bisschen Fernsehen, ein bisschen PlayStation, ein paar Comics. Ich fand einen Job als Verkäufer in einem Backshop. Jeden Morgen kam ich bei Bodymax vorbei, dem Sportstudio des Viertels. Mein Blick blieb stets an dem Gebäude hängen, denn ich fühlte, dass dort Hilfe auf mich wartete. Irgendwann ging ich hinein.

Der Raum sah so aus, wie ich ihn mir vorgestellt hatte, voller Maschinen und metallischer Geräusche. Man kam sich vor wie in einer Schmiede. Aus Lautsprechern dröhnte Elektromusik. Hinter dem Tresen stand ein recht kleiner Mann mit muskulösen, venenüberzogenen, geschwollenen Armen. Seine

Haare waren zu Stacheln hochgegelt. Sein Gesicht wirkte jung. Er musste, wenn man genau hinsah, in meinem Alter sein.

»Kann ich Ihnen helfen?«

»Ja. Ich würde mich gern … anmelden.«

»Dann folgen Sie mir bitte in unsere Gesprächsecke.«

Wir setzten uns auf Sitzbälle an ein niedriges Tischchen. Er holte seine Formulare hervor und lächelte mich dann an, als ob er mich gerade erst entdeckte.

»Ich heiße Dylan, ich bin Fitnesscoach und freue mich, Sie hier bei uns willkommen zu heißen.«

Ich wollte ihm am liebsten sagen, dass er normal mit mir reden könne, dass wir vom Alter her Freunde sein könnten.

»Also, zuallererst, was ist Ihr Ziel?«

Ich errötete. Ich hatte mir dazu nichts zurechtgelegt.

»Ich weiß nicht.«

Ich wusste es genau.

»Möchten Sie ein bisschen Masse zulegen?«

»Ja, genau, so kann man es sagen.«

»Zu welchem Zweck? Aus ästhetischen Gründen?«

»Nein, überhaupt nicht!«, beeilte ich mich klarzustellen.

»Im Bodymax werten wir nicht.«

»Nein, wirklich, es ist nicht deswegen. Es ist eher, um … in Form zu bleiben.«

Er betrachtete prüfend meinen Körper. Ich spannte an, was ich an Muskeln besaß. Unter dem engen T-Shirt konnten meine abstehenden unteren Rippen als Bauchmuskeln durchgehen.

»Darf ich Sie bitten, sich einmal auf die Waage zu stellen?«

»Ich bin ziemlich leicht«, warnte ich ihn.

Ich stellte mich auf die Waage und wartete auf das Urteil.

»Fünfundfünfzig Kilo«, las Dylan leise, diskret, professionell ab, als würde er mir eine schlimme Krankheit verkünden.

»Das ist sehr leicht …«

»Richtig.«

Er überlegte.

»Wir könnten es mit einem Full-Muscle-Abo versuchen. Ein Jahr Laufzeit. Es gibt einen Studentenrabatt. Zugang zu hundert Prozent der Geräte ab Unterschrift. Haben Sie heute Nachmittag schon etwas vor?«

Als meine Eltern und Sylvain aus dem Urlaub zurückkamen, staunten sie nicht schlecht. Ich hatte Sport nie gemocht, und plötzlich sahen sie, wie ich mich für Eisenhanteln begeisterte. Mein Vater fragte, ob ich mir sicher damit sei. Er sagte, dass

Schwimmen oder Fahrradfahren geeigneter seien, um Muskeln aufzubauen, dass Bodybuilding eine hässliche Figur machen könne. Mir war danach zu antworten, dass seine hässlich war. Er war dünn und hatte einen dicken Bauch. Die schlimmste Figur. Manchmal nahm ich es ihm übel, dass er mir seine Gene vererbt hatte, als ob alles seine Schuld wäre, und vor ihm die meines Großvaters. Doch ich blieb höflich. Ich hätte es mir gut überlegt, es würde mir Selbstvertrauen geben. Das Argument zog. Sie schenkten mir sogar einen Adidas-Trainingsanzug.

Bodybuilding ist ein spezieller Sport. Die ersten Wochen sind hart. Man geht mit seiner kleinen Tasche, seinem kleinen Handtuch, seinem kleinen Körper hin, ganz bekleidet, und doch nackt wie im Schwimmbad, den Blicken der Kenner ausgesetzt, denen ein Stückchen Bizeps genügt, um sich ein Bild des Ganzen zu machen. Man zählt zu den Schwächsten. Das ist eine Kategorie für sich. Man nimmt lächelnd die Ratschläge der ernährungs- und anatomiebegeisterten Veteranen an. Man tut so, als würde man die abschätzigen Blicke derjenigen, die schwerer heben, nicht bemerken. Wenn man will, kann man nach anderen Schwachen Ausschau halten, um sich weniger allein zu fühlen. Und sogar noch Schwächere finden, wenn man nur gut sucht. Und geht selbst dazu über, über sie zu urteilen.

So sieht die Nahrungskette aus. Ganz oben stehen die übermäßig Muskelbepackten, die Pumper, die sechs Mal pro Woche kommen und beim Stemmen Schreie ausstoßen. Sie schrubben ohne Ende und packen immer mehr drauf. Sie sind nie zufrieden. Da liegt das Problem. Es gibt kein Zuviel. Die Muskeln verschwinden genauso schnell, wie sie gekommen sind. Es ist ein ständiges Wettrennen. Das Fitnessstudio ist eine riesige Mikrowelle, in der man sich aufwärmt, rot anläuft, um dann rasch wieder rauszukommen, damit die Figur im Sommer, auf Fotos, auf Partys und im Bett auch zum Einsatz kommt, bevor es zu spät ist, man sich verletzt, altert oder stirbt. Es gibt mehrere Methoden. Je nach Komplexen. Meine war klar. Sie gab mir die Richtung vor. Ich ging dorthin, um meinen substanzlosen Körper und das nach seinem Ebenbild geformte Leben hinter mir zu lassen.

Ich war bereits fünf Wochen dabei und schon ein wenig definierter, als ich Dylan, der ein weibliches Mitglied anstarrte, das vor ihm Kniebeugen machte, flüstern hörte:

»Was für ein Arsch …«

Ich erstarrte auf meiner Maschine. Hatte er das zu sich selbst oder zu mir gesagt? Unsicher antwortete ich mit einem kleinen Lächeln und setzte meine Ruder-Serie fort. Mit verschmitztem Gesichtsausdruck kam er näher.

»Hast du ihn auch gesehen?«

Ich saß in der Falle. Er sah in mir einen Komplizen. Sein Siezen, seine Zurückhaltung und seine aufgesetzte Art waren mit einem Mal verschwunden.

»Was gesehen?«

»Den Arsch der Kundin an der Squat-Maschine.«

Ich schüttelte den Kopf und setzte meine Übung fort.

»Dann schau hin, du wirst schon sehen.«

Ich fühlte mich gezwungen. Ich wagte einen kurzen Blick, senkte dann beschämt den Kopf.

»Und?«

»Hab ihn gesehen.«

»Hast du schon mal so einen perfekten Hintern gesehen?«

Wut keimte in mir auf. Er hatte mich in Geiselhaft genommen. Ich wusste nicht, wie ich mich rauswinden sollte. Jede Antwort würde weitere, noch peinlichere Fragen nach sich ziehen. Ich entschied, einfach mit den Schultern zu zucken. Aber das war nicht eindeutig genug. Ich hätte mich der Unterhaltung verweigern sollen. Stattdessen glaubte Dylan, dass ich *wählerisch* war.

»Ach so, du hast hohe Ansprüche. Respekt, Alter. Zeig mir einen Besseren, ich bin gespannt.«

Er lächelte und hielt mir die Hand hin, damit ich einschlug. Ich gehorchte, dann ging er davon. Naiv, wie ich war, glaubte ich, dass er nicht mehr zum Angriff übergehen würde, aber das Unglück nahm seinen Lauf, ein Damm war gebrochen: An den folgenden Tagen machte Dylan keinen Hehl mehr daraus, die Hinterteile der Kundinnen anzustarren. Er war wie besessen. Sie gaben seinem Tag Struktur. Er konnte sich regelrecht verrenken, um keines zu verpassen, und war so geschickt, ihnen dabei nicht hinterherzuschauen, sondern seinen Blick vorauszusenden, bis sie von allein in sein Sichtfeld liefen, womit er sich von jedem Verdacht reinwusch. Er hatte immer einen Spruch parat, und immer war ich es, der ihn hören musste. Ich ließ es errötend über mich ergehen. Mehr noch als seine vulgäre Art traf mich, was sie zum Ausdruck brachte: Begehren, und es warf mich auf mein eigenes zurück. Ich kam nicht nur hierher, um Muskeln aufzubauen, ich baute Muskeln auf, um zu gefallen, um mich zu trauen, und ich neigte dazu, diesen Moment endlos hinauszuschieben.

An einem Freitag, als Dylan das Studio aufräumte, kam er während meiner Serie Klimmzüge zu mir.

»Ich habe heute zu viele Ärsche gesehen. Ich muss Dampf ablassen. Heute Abend gehe ich aus. Willst du mitkommen? Nur wir Jungs?«

»Wohin?«

»Ins La Plage. Kennst du das?«

Ich erschauerte. Ich hatte es beinahe vergessen. Der Lärm, das Licht, der Geruch und die gedrängten Leiber stiegen sauer in mir auf. Ich wollte ablehnen. Aber es war ein Angebot. Das Angebot, »unter Jungs« auszugehen, vielleicht sogar »unter Freunden«.

»Ich komme mit.«

Das Gebäude war erweitert worden. Es war nun ein großes Quadrat. Während ich mit Dylan darauf zuging, hielt ich den Atem an, versuchte, nicht nachzudenken, mich nicht zu erinnern. Es kostete nun Eintritt. Fünf Euro. Wir gingen hinein. Ich schlängelte mich bis zu den hohen Barhockern durch und achtete darauf, nicht zur Tanzfläche zu schauen. Dylan folgte mir. Er legte seinen dicken Arm auf den Tresen. Es war merkwürdig, ihn außerhalb vom Bodymax zu sehen, als würde man einen Lehrer im Supermarkt treffen. Ich zündete mir eine Zigarette an. Der Barkeeper fragte brüllend, was ich trinken wolle. Ich geriet einen Augenblick in Panik und entschied:

»Einen Gin Tonic, bitte!«

»Was ist das?«, fragte Dylan.

»Gin und Schweppes, das schmeckt gut!«

»Nicht für mich! Einen Apfelsaft, bitte.«

»Trinkst du keinen Alkohol?!«, fragte ich und versuchte, beleidigt zu schauen.

»Niemals! Es gibt nichts Schlimmeres für die Bauchmuskeln. Auf dich!«

Ich stieß mit ihm an. Ich fühlte mich sonderbar gut, zumindest nicht schlecht, viel besser als beim letzten Mal, sicher, weil Vincent nicht dabei war. Mir gefiel der Rahmen, der glatte Bruch mit der Außenwelt. Das Licht war richtig eingestellt, warm und gedämpft. Die Lautstärke entband mich vom Reden. Die Menge war weniger einschüchternd als eine kleine Gruppe, fünfhundert Leute wogen weniger schwer als zehn. Die steifen WG-Partys, die Brutalität der Sofagespräche, die unerträglichen Diskussionen am Fenster, all das verblasste, löste sich in Luft auf. Ich hatte das Gefühl, die Dinge hier anders angehen, mich neu erfinden zu können, stärker und gelassener zu sein, mein langweiliges Ich wie eine abgestorbene Haut abwerfen zu können.

Dylan trank sein Glas in einem Zug aus und beugte sich zu mir.

»Legen wir los?!«

Ohne auf mich zu warten, stand er auf, um tanzen zu gehen. Mit vom Gin gewärmtem Körper schwang ich auf dem Hocker Richtung Tanzfläche … und hatte das Gefühl, gegen eine Glasfront zu laufen.

Beyoncé – *Crazy in Love*

Auf jener Seite hatte sich nichts verändert, es war immer noch genauso brutal. Es wirkte wie eine Herde Gnus. Ich sah vor allem Männer, massige, muskulöse Männer in hautengen schwarzen oder weißen seidenweichen T-Shirts. Sie nahmen wahnsinnig viel Platz ein. Sie verstopften den Raum. Die Blicke, die sie den Frauen zuwarfen, waren so erdrückend, dass sie zu einer Art Materie wurden, ein dicker Torf, der sich im ganzen Club verteilte. Er drückte alles nieder. Sie waren der Boden, die Luft und die Musik. Sich da hineinzubegeben, schien unmöglich.

Dylan dagegen hatte sich eingefügt. Er war einer von ihnen. Er tanzte langsam neben der Palme, gegenüber der Spiegelwand. Seine Beine bewegten sich nicht, nur sein Brustkorb wand sich im Rhythmus. Seine Arme folgten der Bewegung mit den angewinkelten Ellenbogen eines Boxers. Mit halb geschlossenen Augen und halb offenem Mund sah er zugleich müde und konzentriert aus. Erstaunlicherweise näherte er sich niemandem, achtete sogar darauf, keinen zu berühren. Als ob er fürchtete, sich schmutzig zu machen oder einen Muskel zu zerren. Er sah aus wie ein Ausstellungsstück, betrachtete lediglich seine Arme im Spiegel, als ob er sich selbst genügte, um Spaß zu haben. Er war ein neuer

Mensch, ohne Begehren. Vielleicht hatte er Angst, zur Tat zu schreiten. Der Gedanke beruhigte mich. Ich war nicht allein. Vielleicht, dachte ich kurz, war auch er Jungfrau. Ich hätte mich nie getraut, ihn das zu fragen, es entsprach nicht mehr unserem Alter, was übrigens das Problem war. Jungfrau, das Wort stieß mich ab. Es ließ eine hybride Kreatur entstehen, die mit einem Mann nichts zu tun hatte. Es stand mir ins Gesicht geschrieben, drang mir aus allen Poren. Manche Leute blieben es ihr ganzes Leben. Ich erinnerte mich an Monsieur Sureau, einen Techniklehrer an meinem alten Collège, der diesen Ruf mit sich herumschleppte wie einen großen Sack Steine. Alle wussten, dass er allein war und es immer gewesen war. Wir betrachteten ihn abwechselnd mit Herablassung, Spott oder Mitleid. Er konnte noch so freundlich und kompetent in seinem Fach sein, es war unausweichlich das Erste, was man dachte, sobald man ihn sah oder über ihn sprach, mit gedämpfter Stimme, wie aus Respekt vor einem Verstorbenen. Der ganze Rest seiner Persönlichkeit war diesem unverzeihlichen Mangel untergeordnet. So wollte ich nicht enden. Mir blieb noch ein wenig Kraft und Stolz, ein letzter, lauwarmer Rest, um meine Einsamkeit auszumerzen.

Ohne weiter nachzudenken, warf ich mich mit rasendem Herzen ins Getümmel und ging direkt auf

Dylan zu. Er hielt mir die Hand hin, damit ich einschlug, und ich tat es mit Schwung, vielleicht zu viel. Zuerst blieb ich regungslos neben ihm stehen, im Schutz seines massigen Körpers, in Sicherheit. Ich schaute ihm beim Tanzen zu. Ich musste ihn nur imitieren. Das sollte nicht so schwierig sein. Alle taten es. Niemand kannte sich, man würde sich nicht wiedersehen, es dürfte mir gelingen, die anderen zu ignorieren. Starr und mit gesenktem Blick begann ich, mit dem Fuß den Takt zu klopfen. Ich passte mich Dylans Tempo an. Meine Hüfte, meine Schultern folgten. Meine geballten Hände in den Hosentaschen lösten sich. Die Spannung der Musik stieg, der Rhythmus wurde doppelt so schnell, vier Mal, überdrehte … Es folgte ein Augenblick der Stille, dann setzte die Musik noch lauter wieder ein, starke Bässe ließen den Boden vibrieren. Dylan und alles im La Plage begannen zu hüpfen. Ich ließ mich mitreißen, zog die Hände aus den Taschen, hob die Arme und hüpfte auch. Ich war dabei.

Dieses Mal war das Gefühl ein angenehmes, vielleicht das angenehmste, das ich bisher empfunden hatte. Sicher, ich hüpfte nur, sicher, ich tanzte nicht wirklich, aber ich fühlte mich dennoch mit den anderen synchron, im Gleichtakt. Die Distanz zwischen uns wurde kleiner, es gab keine Leere mehr, nichts mehr zu überbrücken, und das alles ohne

Worte, Vertraulichkeiten, Humor oder Intelligenz. Es genügte zu hüpfen, um Teil der Menge zu sein, sie mit der eigenen Einsamkeit zu füttern, wie man einen Zweig ins Feuer wirft.

Irgendwann begegnete ich einem Blick – eine Frau, anscheinend allein, in Jeans und T-Shirt, mit Brille, sie sah nett aus. Ich rang mir ein Lächeln ab, und sie lächelte zurück. Das war ohne Zweifel ein Blickkontakt. Etwas war vorstellbar zwischen uns – ein Tanz, ein Kuss, vielleicht sogar eine Beziehung. Nur Mut. Ich bewegte mich mit kleinen Hüpfern seitwärts auf sie zu. Schließlich hüpften wir voreinander, im Rhythmus, unsere Hände nah beieinander, erreichbar. Aber als ich mich gerade trauen wollte, löste sich ein Mann aus der unförmigen Masse der Tanzenden, um sich zwischen uns zu drängen, wie eine dicke Fliege, und drehte mir den Rücken auf eine Weise zu, die mir unhöflich erschien. Da ich dennoch an einen Zufall glauben wollte, ging ich vorsichtig um ihn herum.

»Hey!«

Er hatte mich angeschrien. Ich blickte ihn erschrocken an.

»Was soll das werden?«

Ich wich mit fuchtelnden Händen zurück, auf der Flucht immer noch ein wenig hüpfend. Er musste gedacht haben, dass ich mich über ihn lustig machte, denn er folgte mir, mit offenem Mund und gespreizten Händen. Er erwartete eine Entschuldigung. Er war groß und drahtig. Silberarmband. V-Ausschnitt. Schlanke, aber muskulöse Arme, oberhalb des Bizeps von eng anliegenden Ärmeln eingezwängt. Ich wollte wegrennen, als Dylan sich einmischte, der, riesig und beruhigend, wie aus dem Nichts auftauchte.

»Lass meinen Kumpel in Ruhe!«

»Was willst du denn?!«

Sie standen Stirn an Stirn, ihre Hände griffen nach dem T-Shirt des anderen, bereit, es herunterzureißen. Dylan war bestimmt doppelt so schwer wie der V-Ausschnitt, aber dieser ließ sich nicht einschüchtern. Ich blieb wie angewurzelt vor ihnen stehen. Ich hüpfte nicht mehr, hatte meinen Schwung verloren, meine Tanzpartnerin machte sich davon.

»Was willst du?! Was willst du?!«

Sie begannen, sich zu prügeln. Ein dritter Mann griff ein, um sie zu trennen, aber mir schien, als wollte auch er sich prügeln. Über dessen Schulter hinweg schlug der V-Ausschnitt mit der Faust nach Dylan. Alles geriet durcheinander, weitere Männer mischten sich ein. Ich fand es heftig, dass die Musik weiterlief. Zwischen den Prügelnden konnte ich Dylan erkennen, der zusammengekauert am Boden lag und sich vor den Schlägen schützte. Zwei Türsteher kamen hinzu. Einer packte den V-Ausschnitt, um ihn wegzuziehen, der andere half Dylan hoch. Er blutete, hielt die Augen geschlossen, sabberte ein wenig. Der Türsteher stützte ihn und führte ihn zum Ausgang. Hilflos folgte ich ihrer Spur durch die Menge. Die Leute starrten uns an, ohne stehen zu bleiben, wie Autofahrer, die an einem Unfall vorbeikamen. Sie schauten empört und zufrieden. Ich konnte sie verstehen. Die Schläge, die andere einsteckten, taten manchmal gut, als würde man selbst von ihnen verschont bleiben. Doch ich dachte vor allem an meine Tanzpartnerin. Sie war verschwunden. Vermutlich würde ich sie nie wiedersehen.

Draußen wehte ein kalter Wind. Der V-Ausschnitt lief aufgeregt auf dem Parkplatz umher. Ein Freund versuchte, ihn zu beruhigen, aber das schien ihn noch mehr anzuheizen. Der Türsteher setzte Dylan, der noch benommen war, auf die Bordsteinkante.

»Das will ich hier nicht noch mal sehen.«

Und er stellte sich ungerührt wieder an den Eingang, ohne ihm zu helfen. Schockiert, weil man ihn hier sich selbst überließ, setzte ich mich neben Dylan.

»Geht es? Soll ich den Notarzt rufen?«

Statt einer Antwort ließ er den Kopf in die Hände

sinken. Sein gewaltiger Körper zitterte. Die Gänsehaut ließ ihn noch muskulöser wirken. Er sah aus wie ein Bodybuilder-Kind. Ich wusste nicht, was ich tun sollte.

»Danke, dass du mich verteidigt hast.«

Er schwieg weiterhin. Ein paar Frauen in unserem Alter kamen vorbei.

»Schau, die sehen super aus«, versuchte ich es schüchtern, um ihn aufzumuntern.

Er antwortete nicht. Ich schaute ihnen nach, wie sie in den Club gingen. Eine Moment lang wollte ich Dylan am liebsten auf dem Bordstein sitzen lassen und drinnen mit ihnen im Takt hüpfen.

Plötzlich sprang er auf. Er stürzte auf den V-Ausschnitt zu. Panisch rannte ich hinter ihm her, aber es war bereits zu spät, und was hätte ich auch tun können? Sie prügelten sich erneut. Dylan ging wieder zu Boden. Leute schrien. Er bekam einen harten Tritt mitten ins Gesicht und rührte sich nicht mehr.

Nach dem Klinikaufenthalt war Dylan ziemlich lange krankgeschrieben. Eher aus Scham als wegen der Verletzungen. Seine Wunden hatten Zeit zu heilen, aber die Erinnerung an die Demütigung blieb, die wahre Verletzung. Er war verprügelt worden. Seine Muskeln waren zu nichts nutze gewesen. Sein Körper, der ganz und gar dazu geformt war zu dominieren, war zweimal hintereinander von einem schwächeren Körper bezwungen worden. Sechs Trainingseinheiten pro Woche hatten das nicht verhindern können. Er war gescheitert, man hatte auf seine Mühen und seine Männlichkeit gespuckt. Davon konnte er sich nicht erholen. Zumindest würde er Zeit brauchen. Und diese Zeit war knapp bemessen. Sein Muskeltraining war eine Sucht, es gab sogar einen Namen dafür, Dylan hatte ihn einmal erwähnt: Bigorexie. Ein paar Wochen Pause genügen, und man sinkt in sich zusammen, wird depressiv, gibt auf und überlässt seinen Körper dem Fett oder der Magerkeit, je nachdem. Das musste ein schreckliches Gefühl sein. Ich sah Dylan einen Monat lang nicht wieder.

Schließlich erkundigte ich mich beim Leiter des Bodymax: Er hatte gekündigt. Ich weiß nicht, was mich daraufhin packte, aber ich erzählte, dass ich mein Studium beendet hätte und eine Stelle suche. Sicher sei ich nicht als Coach geeignet, aber wenn er jemanden für die Rezeption suche, sei ich bereit. Der Leiter antwortete, dass er mich bei Gelegenheit kontaktieren würde.

Dylans Verschwinden hatte mich dazu motiviert, mein Training zu intensivieren. Ich ging von drei zu fünf Einheiten pro Woche über. Ich stellte meine

Ernährung um, was meinen Eltern nicht missfiel: Putenreis, Thunfischreis, Eier, Linsen, Haferflocken, Bananen, Protein-Shakes. Mein Leben drehte sich um den Muskelaufbau. Nichts zählte mehr, außer mein Körper und der Drang, Masse zuzulegen. Beulen bildeten sich, Venen traten hervor. Geduldig transformierte ich mich.

Eines Abends entschloss ich mich endlich, allein ins La Plage zurückzugehen.

Wir hatten ein Familienessen mit Sylvains neuer Freundin Audrey. Sie saß mir gegenüber, höflich wie mein Bruder, gerade lustig genug; meine Eltern lachten über alles, was sie sagte, und ich traute mich nicht, sie anzusehen, wie der schüchterne kleine Bruder, der ich durch mein Spätzünderdasein geworden war. Ich war vor Sylvain geboren, hatte vor ihm gesprochen, war vor ihm gelaufen, doch in der schmerzhaftesten Kurve überholte er mich plötzlich, wie bei überhaupt allem, Studium, Freundschaften, Hobbys. Ich hinkte in allem hinterher. Schuld war der schlimmste aller Makel. Wenn man mit einundzwanzig immer noch nicht geknutscht hat, ist es schwierig, sich auf etwas anderes zu konzentrieren, es sei denn, man will endgültig aufgeben. Nach dem Abendessen, als ich allein in meinem Zimmer war und Sylvain und Audrey hörte, die versuchten, im Nebenzimmer keinen Lärm zu machen, fasste ich einen Entschluss. Dusche, Hemd, Parfum. Ich ging die Treppe runter. Meine Eltern schauten fern. Zum ersten Mal schienen sie irritiert, weil ich ausging.

»Wo gehst du hin?«, fragte meine Mutter.

»Aus. In den Club.«

»An einem Dienstag?«

Das hatte ich ganz vergessen.

»Äh, ja. Warum nicht?«

»Kein Problem«, sagte mein Vater, »es ist gut auszugehen, auch wenn es an einem Dienstag ein bisschen überrascht.«

»Mit wem gehst du?«

Ich zögerte.

»Mit neuen Freunden.«

»Ah, das ist gut.«

Mein Vater wirkte auf einmal verlegen, als er hinzufügte: »Und wenn du zum Beispiel jemanden mit nach Hause bringen willst, tu dir keinen Zwang an, die Tür steht euch offen.«

Mit feuerroten Wangen nickte ich und stürzte hinaus.

Auf der Straße schämte ich mich ein bisschen. Ich war noch nie allein ausgegangen. Nicht einmal ins Kino. Meinen Eltern hätte es bestimmt leidgetan, mich so zum La Plage laufen zu sehen. Egal. Etwas reizte mich. Ich hatte Lust zu tanzen.

FRANCK

2006

Ich ging jeden Freitag- und Samstagabend ins La Plage. Unter der Woche arbeitete ich im Bodymax und wartete aufs Wochenende. Seit ich mein erstes Gehalt bekommen hatte, wohnte ich in einem 25-Quadratmeter-Apartment in der Nähe des Zentrums. Allein zu wohnen ersparte mir die Blicke meiner Eltern, den Druck, den sie auf meine Einsamkeit ausübten. Ich besuchte sie sonntags, verkatert. Sie fragten mich über meine Abende aus. Ich sagte, sie seien zu lang, um sie nachzuerzählen. In Wahrheit war es mir immer noch nicht gelungen, dort jemanden kennenzulernen. Ich wusste, was mir fehlte: Ich musste lernen, besser zu tanzen. Im Club war Tanz die einzige Sprache, wie das Schwimmen im Schwimmbad. Der Körper tanzte, um sein Begehren auszudrücken, das der anderen zu wecken, beides zu vereinen. Und ich stotterte.

An einem Abend im September 2006 ging ich zu meinem ersten Anfängertanzkurs in einer düsteren Sporthalle. Ich hatte ihn im Internet unter

»Tanzen in der Disko« gefunden. Ich war auf Kurse für Rock, Salsa, Zumba, Modern Jazz, klassischen Tanz und sogar bretonischen Tanz gestoßen, aber es gab keinen für die Elektro- und Popmusik, die im La Plage gespielt wurde. Schließlich sah ich diese Annonce: »Club für Hobbytänzer, Kurs für freien Tanz, Loslassen, Freisetzen von Energie, kurz: Traut euch zu tanzen.«

Wir waren zehn Teilnehmer. Die anderen waren alle älter als ich, die meisten mussten um die dreißig sein. Der heitere und freundliche Kursleiter forderte uns auf, uns reihum vorzustellen. Ich war als Zweiter dran, sodass ich Zeit hatte, mir etwas zurechtzulegen, während der Erste sprach.

»Guten Abend, ich heiße Arthur. Ich bin fünfundzwanzig. Ich arbeite in einem Sportstudio, wo ich mich um den Kundenempfang und die Verwaltung kümmere. Ich mache dort auch Muskeltraining, zwischen zwölf und zwei Uhr, wenn das Studio leer ist.«

»Das überrascht mich nicht, du hast die Figur eines Athleten«, sagte der Kursleiter. »Hast du noch andere Hobbys?«

»Ja, ich gehe jedes Wochenende in einen Club.«

Der Satz zeigte Wirkung, alle schienen aufmerksamer.

»Du bist also ein geübter Tänzer?«

»Ja, ich tanze gern, aber ich habe trotzdem ein Problem.«

»Sag uns einfach, wie du es empfindest.«

»Manchmal kommt es mir so vor, als würde ich mich in einer Endlosschleife bewegen.«

»Das ist spannend. Kannst du das noch etwas näher beschreiben?«

»Ich tanze im Club immer auf die gleiche Art, mit den gleichen Bewegungen. Ich fühle mich ein bisschen eingeschränkt. Ich würde mich gern … freier entfalten.«

»Das ist wirklich sehr, sehr spannend. Aber ich frage mich: Wenn du allein zu Hause bist, tanzt du dann manchmal? Wenn du aus der Dusche kommst oder Musik hörst, zum Beispiel?«

»Ja«, gestand ich.

»Daran ist nichts peinlich. Und fühlst du dich dann freier als beim Tanzen in der Diskothek?«

»Ja.«

Er kratzte sich den Bart und schaute mich mit zusammengekniffenen Augen an.

»Arthur, würdest du sagen, dass es dir an Selbstbewusstsein mangelt?«

Ich überlegte. Vielleicht wirkte ich bemitleidenswert, so steif, die Hände vor dem Körper ineinandergelegt, als würde ich gleich eine Anweisung geben, und doch so verloren. Ich wusste nicht, welche andere Haltung ich einnehmen sollte. Das lag an meinen sperrigen Armen, zu aufgebläht, um sie am Körper herabhängen zu lassen. Ich hielt sie ein wenig abgespreizt. Mein ganz kleines Selbstbewusstsein war irgendwo dazwischen angesiedelt. Dieser Teil von mir setzte keine Muskeln an wie der Rest, im Gegenteil: Jeglicher Druck oder Stress ließ ihn weiter verkümmern.

»Ja«, antwortete ich.

Er nickte wohl wissend.

»Das dachte ich schon. Arthur, angesichts deiner Situation und deines Könnens gebe ich dir nur einen Rat: Du musst dich gehen lassen.«

Der Satz versetzte mich in Anspannung. Ich hatte ihn zu oft gehört. Die Leute, die ihn aussprachen, taten das oft im gleichen Tonfall: »Du musst dich gehen lassen«, sagten sie mit erzwungen begeisterter Stimme, als müssten sie ein Kind überzeugen.

»Sie haben recht«, sagte ich. »Danke.«

Die anderen stellten sich ebenfalls vor, jeder nannte seinen Namen, sein Alter, seinen Beruf und seine Probleme mit dem Tanzen. In Erinnerung blieb mir vor allem Laura, siebzehn Jahre, Bankangestellte, der es vollkommen an Rhythmusgefühl fehlte. Sie war ruhig und sympathisch, recht füllig und stark geschminkt, ihre Lippen presste sie verschämt zusammen. Unsere Blicke trafen sich, und ich sah zu Boden. Vorsichtig hob ich wieder den Blick, aber sie schaute mich nicht mehr an.

»Guten Abend, ich heiße Franck«, sagte schließlich der letzte Teilnehmer. »Ich bin knapp dreißig, Botaniker und würde gern meinen Sinn für die Freisetzung von Energie verfeinern.«

»Das ist sehr präzise, Franck, sehr spannend …«

»Danke. Ich habe bereits ein paar Grundlagen, aber das ist nicht der Rede wert.«

»Wir sind hier, um gemeinsam daran zu arbeiten.«

»Darf ich euch vielleicht was zeigen?«

»Natürlich«, sagte der Kursleiter ein wenig überrascht.

Franck begann also, sich langsam und schwingend zu bewegen, in einer Art Tai-Chi, mit halb geschlossenen Augen. Die anderen beobachteten ihn mit ernsten Mienen. Plötzlich hielt er inne, ließ die Arme sinken und lächelte, als ob er Applaus erwartete.

»Danke, Franck. Sehr spannend.«

Er neigte bescheiden den Kopf. Gekleidet in einer Leinenhose und einem weißen Hemd, groß und schlank, blass, die langen Haare zum Pferdeschwanz gebunden, entsprach er meiner Vorstellung eines Hippies, nur ein bisschen missraten, verblichen. Ich fand ihn schlecht proportioniert. Seit ich so viel an meinem Körper arbeitete, waren meine

Ansprüche an andere in die Höhe geschossen. Ich beurteilte sie abwechselnd als zu dünn, zu flach, zu dick. Manchmal empfand ich leichten Ekel denen gegenüber, die sich nicht fit hielten, nicht auf ihr Äußeres achteten. Diese Disziplin war kaum geachtet, sie verschaffte einem weniger Anerkennung als berufliche oder künstlerische Aktivitäten zum Beispiel. Andernfalls hätte ich eine sehr gute gesellschaftliche Stellung.

Die Stunde begann, der Kursleiter legte schwungvolle Musik auf. Wir mussten durch die Sporthalle laufen und kleine Kreise mit den Armen vollführen. Es ging zunächst darum, sich kennenzulernen, indem wir alle gleich tanzten. Danach sollten wir nach und nach davon abweichen, andere Bewegungen ausprobieren, uns gehen lassen. Nach drei Sekunden ging Franck aus sich heraus. Er begann weitere Kreise, ganze Sonnenräder mit den Armen zu vollführen. Er konnte tanzen. Was wollte er in einem Anfängerkurs? Nach ihm fassten noch andere Mut. Der Damm der Schüchternheit war gebrochen und ließ einen mächtigen Strom hindurch. Jeder gab sich seiner Fantasie hin. Einer hüpfte auf einem Bein. Ein anderer erstarrte, um nur mit den Fingerspitzen zu improvisieren. Der Kursleiter war zufrieden. Er fand alles spannend. Jede kleinste Zuckung war ein Sieg. Wenn sich jemand brüllend auf dem Boden gewälzt hätte, hätte er ihn sicher noch ermutigt. Ich begnügte mich damit, wie im La Plage zu tanzen, sammelte um mich herum Ideen für die besten Moves und stellte mir dabei schon vor, wie ich sie auf der Tanzfläche testen würde. Laura stand in einer Ecke und hatte es sichtlich schwer. Ihre Bewegungen waren schwerfällig. Manchmal verpasste sie den Takt wie eine Treppenstufe. Ich fand sie rührend. Ich suchte ihren Blick, und wir tauschten ein breites, wie mir schien, verschwörerisches Lächeln.

Am Ende der Stunde beschloss ich, sie anzusprechen. Schließlich waren wir im selben Kurs, da war es nur natürlich, dachte ich. Als ich aus der Umkleide kam, stand sie mit dem Rücken zu mir und rauchte eine Zigarette. Ich holte tief Luft und ging auf sie zu, aber sie unterhielt sich bereits mit Franck, der von einem Pfeiler verdeckt gewesen war.

»Arthur! Ich wollte dir sagen, dass ich deine Performance sehr mochte, das war sehr schön, sehr auf den Punkt.«

»Oh, danke.«

»Da habe ich sogar wieder Lust bekommen, in einen Club zu gehen, weißt du.«

Laura schien mit einem leichten Nicken zuzustimmen, was mich motivierte zu bleiben.

»Ich habe mich mit Laura unterhalten, sie ist

charmant. Ich habe ihr gesagt, dass ich ihre Art zu tanzen, so zurückhaltend, sehr mochte.«

»Das stimmt«, hauchte ich errötend.

»Du warst auch sehr gut«, sagte sie zu Franck.

»Oh nein, ich war sehr schlecht … Aber ich bin hier, um zu lernen. Der Kursleiter war großartig, oder?«

Wir stimmten zu. Um Verbündete zu finden, wagte ich eine leichte Kritik:

»Er ist schon ein wenig … *too much*, oder? … Also, ich meine …«

»Ach, findest du? Finde ich gar nicht. Er ermöglicht uns, an unseren Schwächen zu arbeiten, Leute zu treffen … Das ist doch super, dass er sich so engagiert, oder?«

»Ich warte noch die nächste Stunde ab«, sagte Laura achselzuckend.

Da rief Franck mit vielleicht gespielter Spontaneität:

»Ich habe eine verrückte Idee: Und wenn wir drei uns dieses Wochenende treffen würden, und nicht auf die nächste Stunde warten? Arthur, könntest du uns am Samstag in den Club mitnehmen? Was gibt es Besseres zum Üben?«

Lieber sterben, als mit dir da hinzugehen, dachte ich. Ich hielt Franck für eine dieser bestimmten Persönlichkeiten: Zu Beginn sind sie Illusionisten, die auffallen, umgarnen und beeindrucken, bevor sie ihre Laster und ihren zutiefst unangenehmen Charakter preisgeben, der sie zwingt, von Blüte zu Blüte, von einer kurzlebigen Freundschaft zur anderen zu fliegen. Ich war solchen Typen bereits am Rande begegnet, im Pausenhof der Schule, in der Bibliothek der Berufsakademie, am Empfang des Bodymax, wo sich die einsamen Kunden mit mir unterhielten. Ich musste vor dieser Art Mensch fliehen, das wusste ich wohl, ich war zu leicht zu beeindrucken, zu beeinflussen, fähig, mich an das Schlimmste zu gewöhnen, aus Mangel an echten Freunden.

»Warum nicht«, sagte Laura.

»Warum nicht«, sagte auch ich.

Am Samstag blieb ich nach meiner Trainingseinheit zu Hause und vertrieb mir die Zeit bis zum Einbruch der Nacht mit Tanzvideos auf MTV. Am Nachmittag hatte ich ein wenig die Wohnung geputzt. Das tat ich jedes Mal, bevor ich ausging, für den Fall, dass ich nicht allein heimkommen würde. Ich machte mein Bett. Staubsaugte. Jedes Mal ahnte ich, dass ich damit meiner Traurigkeit Vorschub leisten würde, dass sich meine kleinen Aufmerksamkeiten gegen mich wenden sollten, sobald ich nach Hause käme, weil sie mich daran erinnerten, worauf ich beim Aufbruch gehofft hatte. Ich kehrte stets unverrichteter Dinge zurück. Am nächsten Morgen fiel ein hübsches Licht auf den Linoleumboden. Mein Apartment war sauber, bereit, Gäste zu empfangen, wie ein Hotelzimmer. Wenn ich es dann betrachtete, so leer und unpersönlich, verlor ich den Mut. Wozu sollte ich aufräumen, wenn doch nie jemand diesen Ort zu Gesicht bekam? Aber ich machte diszipliniert weiter, so wie jene, die nie ihr Haus verlassen, sich jeden Tag anziehen, sich den Pyjama verbieten, allein der Würde wegen, des Gefühls zu widerstehen, bis etwas geschehen würde.

Um zweiundzwanzig Uhr duschte ich. Das tat ich gern im letzten Moment, um mich so lange wie möglich frisch zu fühlen. Ich machte ein Bier auf. Mit dem Handtuch um die Hüfte und bei zugezogenen Vorhängen spielte ich *Everybody* von Martin Solveig ab und tanzte auf dem Teppich. Der Hüftschwung war gut, das Schulterrollen auch, nur die Beine waren noch ein wenig steif. Mit der unteren Körperhälfte blieb ich am Boden kleben, wie festgenagelt, festgehalten in der beschwerten Welt der Abende ohne Musik. Bald würde ich mich endgültig losreißen, vielleicht heute Nacht, in Lauras Gegenwart. Ich zog mein T-Shirt mit V-Ausschnitt von Zara an, eine Calvin-Klein-Unterhose, meine schwarze Jeans, meine Reeboks, dazu mein Diesel-

Parfum und, ganz zum Schluss, meine G-Star-Jacke, die so gut an den Schultern saß. Ich schaute mich im Spiegel an. Gar nicht so schlecht. Einen Augenblick lang mochte ich meine Einsamkeit beinahe, da ich sicher war, ihr in ein paar Minuten entrissen zu werden. Nie war ich so optimistisch wie kurz vor dem Aufbruch zum La Plage, wenn alles auf Anfang stand, während die Sonne unterging.

Da ich zu früh eintraf, zündete ich mir auf dem Parkplatz eine Zigarette an und beobachtete den Strom der Gäste auf der Suche nach einem vertrauten Gesicht, damit Franck und Laura mich im Gespräch vorfanden. Manchmal traf ich ehemalige Kommilitonen. Sie kamen immer zu mehreren und in bester Laune, wahrscheinlich vom Vorglühen in einer Bar oder Wohnung. Nur selten ging man direkt in den Club, so wie ich es tat, ohne Übergang, ohne Drink zuvor und obendrein allein. Um keinen Verdacht zu erregen, hatte ich mir angewöhnt, Ausschau zu halten, als würde ich auf Freunde warten.

Laura kam als Erste. Sie trug ein Kleid und war noch stärker geschminkt. Als ich sie laufen sah, konnte ich nicht anders, als sie ein wenig linkisch zu finden. Eine vage Traurigkeit überkam mich, als ich mir ausmalte, wie sie sich ebenso zu Hause zurechtgemacht hatte wie ich zuvor. Und doch begann mein Herz, schneller zu schlagen, aus Mangel an Alternativen. Unser kurzer Kontakt nach der Tanzstunde hatte Eindruck hinterlassen, bei ihr einen Hauch von Interesse zu bemerken, hatte genügt, um meines zu wecken.

Wir begrüßten uns mit Wangenküsschen. Weder sie noch ich hatten beim ersten Küsschen das entsprechende Geräusch gemacht und übertrieben es beide beim zweiten.

»Es ist nett hier«, sagte sie.

»Ja, sehr nett.«

Ich suchte nach Worten. Das war ich an diesem Ort nicht gewohnt. Allein zu kommen, entband mich davon. Laura kam mir zuvor.

»Du kommst also oft so hierher?«

»Ja.«

Anknüpfen, rief ich mir in Erinnerung, immer an die Unterhaltung anknüpfen, den Ball zurückspielen, aus Reflex oder reiner Höflichkeit.

»Und du?«

»Ich bin zum ersten Mal hier.«

»Ach so.«

Schweigen.

»Franck ist spät dran«, sagte ich.

»Das stimmt. Dieser Franck.«

»Ja, dieser Franck.«

Unsere Augen suchten den Parkplatz nach ihm

ab. Ihn zu entdecken, selbst in hundert Metern Entfernung, hätte uns gerettet.

»Vielleicht hat er es vergessen …«

Laura zuckte mit den Schultern, und das Schweigen wurde unüberwindbar. Wir hielten die Luft an. Es verging bestimmt eine Minute.

»Das ist er!«, rief ich erleichtert, beinahe glücklich, Franck am Ende des Parkplatzes auftauchen zu sehen.

Er trug die gleiche Leinenhose und einen ziemlich hässlichen Fleece-Pulli.

»Kennen wir uns vielleicht?«, fragte er, als er sich vor uns aufbaute.

Laura lachte, ich fiel mit ein. Er begrüßte sie mit Küsschen und legte dabei rasch einen Arm um sie. Mir gab er einfach die Hand, als würden wir gleich irgendein Match beginnen, oder eher, als hätte ich es gerade verloren.

Ich erkannte den Türsteher. Es gab mehrere, die je nach Abend wechselten. Er schien mich nicht wiederzuerkennen. Ich lächelte ihn an, aber er nickte nur. Wir bezahlten, gingen hinein. In der Schleuse ging ich voraus, ich kannte mich aus, gab mich lässig. Ich hätte mir sogar die Augen verbunden, um sie zu beeindrucken. Als wir die Tür zur Tanzfläche erreichten, überholte Franck mich plötzlich, um sie für Laura zu öffnen. Ich hatte ihn das

Gleiche in der Umkleide der Sporthalle tun sehen. Er war extrem galant. Er öffnete den Frauen alle Türen, die er fand, schien sogar nach ihnen zu suchen. Er gab den Weg frei und lehnte Dank ab, bedeutete mit erhobener Hand, dass das normal sei, mehr als normal, ganz natürlich. Was konnte Laura schon tun? Ich sah sie angesichts der Absurdität des Manövers zögern, aber sie trat vor. Franck war so freundlich. Wie sollte man ihm da irgendetwas unterstellen? Wie konnte ich nur annehmen, dass sich hinter dem zuvorkommenden Verhalten ein ganz anderer Franck verbarg?

Die Tanzfläche war brechend voll. Wie so oft im September. Man hält den Sommer fest. Es ist noch warm genug, um ohne Jacke zu kommen. Hunderte Körper drängten sich dort, was von außen niemand vermutet hätte. Es war ein Feld, das man beackerte, ein Jagdrevier, eine Angelstelle, ein Markt ohne Regeln und Mitleid. Niemand schmort aus reiner Lust am Tanzen fünf Stunden lang im eigenen Saft. Man kommt her, um jemanden mit nach Hause zu nehmen. Dafür ist so ein Club da. Der Rest ist Folklore, Luxus, die Völlerei einiger satter Herzen.

Black Eyed Peas – *Pump It*

Franck tanzte nicht, er glitt eher, als ob er sich durch gegelte Luft schöbe. Alles an ihm war ölig. Er lächelte glücklich, harmlos, selbstzufrieden. Ich entdeckte jedoch zwischen seinen gekrümmten leinenbedeckten Beinen die imposante und bewegliche Beule seines Penis. Alle konnten sie sehen, und ich konnte nicht glauben, dass er es nicht bemerkte. Er wusste es. Der Kontrast zwischen dieser Unverfrorenheit und seiner meditativen Ausstrahlung, dachte ich bei diesem Anblick, verriet sein wahres Ich: ein falscher Mönch, weder cool noch keusch. Einer dieser erfolglosen Gurus, die ihren eigenen Geboten nicht folgen, der lüsterne Franck, den ich gefürchtet hatte. Laura tanzte arglos neben ihm. Sie lachte, um seine Aussetzer zu überdecken. Song für Song hatte Franck sich ihr genähert, so unauffällig, dass er sich bewegte, scheinbar ohne es zu wollen, nur durch die Kraft der Naturgesetze, getragen vom Wind oder der Neigung des Bodens. Er begann, vor ihr weite Kreise mit seinen Armen zu vollführen. Sie lachte laut. Ich wollte dazwischengehen, es verhindern. Ich konnte den Gedanken, dass sie zusammenkommen würden, nicht ertragen. Ihre Körper waren nur noch ein paar Zentimeter voneinander entfernt, als die Musik abrupt wechselte. Franck wirkte überrascht. Er kannte Nachtclubs nicht besonders gut, hatte wahrscheinlich erwartet, dass der Song wie im Radio langsam ausklingen würde. Der Bruch brach auch seinen Zauber: Kurz hörten beide auf zu tanzen, und ich nutzte den Moment, um vorzuschlagen:

»Holen wir uns was zu trinken?!«

Laura stimmte zu. Sie folgten mir an die Bar. Ich bestellte drei Gin Tonics.

»Die Runde geht auf mich!«

Ich legte das Geld auf den Tresen. Alle diese Abende kosteten mich eine Stange Geld. Die Preise waren gestiegen. Sechs Euro Verzehr. Acht Euro Eintritt. Im Schnitt fünfundzwanzig Euro die Nacht. Ich war nicht reich. Ich steckte alles in Muskeltraining, Klamotten und La Plage. Ich sparte bei allem Übrigen. Einkaufen bei Leader Price, wenige Möbel, kein Auto, keine Reisen und keine Pläne.

Wir gingen auf die Terrasse, eine große, erst kürzlich angebaute Veranda, die zum Hinterhof des Clubs hinausging und in ein gedämpftes gelbes Licht getaucht war, um die Körper nicht zu erschrecken, sie schön und warm zu halten. Ich hielt mich bei unserer Unterhaltung zurück. Ein Dialog zu zweit war schon schwierig für mich, zu dritt erst recht; ich verhedderte mich, machte willkürlich Bemerkungen oder stimmte zu, warf den Ball weiter wie eine heiße Kartoffel. Ich hörte also zu, als Franck sagte, dass dieser Ort fantastisch sei, wir bereits Fortschritte machen würden, dass es so nett von mir sei, sie mitgenommen zu haben. Er wollte eine regelmäßige Sache daraus machen. Er war erst bei seinem zweiten Getränk, aber bereits sichtlich angeheitert, bestimmt aus mangelnder Gewohnheit. Er war ganz rot und grinste breit. Er selbst schien nicht zu bemerken, wie er sich veränderte.

Irgendwann stand Laura auf.

»Ich gehe zur Toilette.«

»Ich halte deinen Platz frei!«, sagte Franck.

Sobald wir allein waren, wurde seine Miene ernster.

»Wie geht es dir, Arthur?«

»Gut.«

»Ich wollte dich etwas fragen … So von Mann zu Mann.«

Ich schaute ihn fragend an. Er kippte seinen Drink runter, holte Luft.

»Was hältst du von Laura?«

»Laura?«

»Ja, Laura.«

Er war ein wenig angespannt.

»Ich finde sie gut. Sehr nett.«

»Ja, das ist sicher. Aber ich will sagen: Bist du … wie soll ich es sagen … bist du an ihr interessiert?«

»Wie meinst du das?«

»Du hast mich schon verstanden.«

Ich fühlte mich angeklagt und schuldig, also zog ich es vor zu lügen.

»Sie interessiert mich … als Mensch, ja, natürlich …«

»Nein, was ich wissen will ist: Bist du an ihr dran, Arthur?«

»An ihr dran?«

»Willst du sie ins Bett bekommen?«, brach es aus ihm heraus, mit schrillerer Stimme.

Ich wusste nicht, was ich entgegnen sollte. Er schaute mich ernst an. Er sah in mir also einen Rivalen. Beinahe fühlte ich mich geschmeichelt.

»Hör zu, Arthur, das geht nicht gegen dich … Nur ein Gespräch zwischen Männern, ganz entspannt … Ich merke, dass da zwischen Laura und mir etwas ist. Daran liegt mir etwas, weißt du. Es geht mir nicht darum, zu rammeln wie ein Karnickel, eine schnelle Nummer zu schieben und dann abzuhauen.«

Seine plötzlich vulgäre Sprache schockierte mich.

»Mir doch auch nicht … Ich verstehe nicht, warum du mir das sagst.«

»Ich denke nicht mit meinem Schwanz«, fuhr er mit aufgerissenen Augen fort.

»Ich doch auch nicht, hör auf!«

Auf einmal wurde mir heiß. Ich wurde ungern laut. Ich empfand mich immer als erstes Opfer meiner eigenen Wut. Franck wollte etwas entgegnen, aber Laura tauchte wieder auf der Terrasse auf. Er lehnte sich zu mir.

»Mund halten, alles klar?«

Dann verstummte er, immer noch zu mir gelehnt, wie um seine Worte länger nachhallen zu lassen. Ich bemerkte, dass er schlechten Atem hatte. Ein ranziger Geruch nach Cremeschnitten. Die Ausdünstungen seiner verborgenen Verdorbenheit. Mir war danach, dagegenzuhalten. Schließlich war ich muskulös, ich konnte ihm Angst einjagen und mich sogar prügeln, wenn es sein musste. Aber ich schämte mich für einen solchen Gedanken und riss mich zusammen.

»Alles klar.«

Wir gingen wieder tanzen. Franck hielt sich bei den ersten Tracks zurück. Ich mied seinen Blick und zu plötzliche Bewegungen. Die Stimmung war unangenehm. Ich empfand Ekel. Um mich herum sah ich all die Männer, die ihm glichen, ihr hartnäckiges Begehren, ihre Wettkampffressen, als ob sie nichts mehr erregte, als sich gegenseitig niederzuwalzen. Ich überlegte zu gehen. Doch dann näherte sich Franck schleichend wieder Laura, mit halb offenem Mund. Ich weiß nicht, was mich in dem Moment packte, vielleicht war es der Alkohol, ein Aufwallen von Stolz oder Lust, eine wilde Entschlossenheit ließ mich viel besser tanzen, ich spielte mit den Beinen, wagte, mich zu bewegen, wie es mir in den Sinn kam, verschaffte mir auf der Tanzfläche Platz und streckte schließlich, wie selbstverständlich, die Hände nach Laura aus. Überrascht ergriff sie sie. Wir tanzten zusammen. Unsere Bewegungen passten sich aneinander an, wir kamen uns näher. Ich schielte kurz zu Franck. Er war immer noch neben uns, mit offenem Mund, in der gleichen Tanzschleife, wie eine hängende Schallplatte. Unsere Blicke trafen sich. Kurz glaubte ich, er würde mir an die Kehle gehen, aber es geschah etwas ganz anderes: Sein Kiefer verzog sich zu einem verstörenden Ausdruck zwischen Jubel und Verblüffung, seine Hand ging nach oben, als ob er bei mir einschlagen und mich beglückwünschen wollte, als wären wir zwei alte Kumpel und er hätte immer an mich geglaubt, so in etwa.

»Yes!«

Ich schaute ihn verständnislos an.

»Yes, yes, yes!«

Er zeigte auf uns wie auf zwei Champions, begann dann, Kreise um uns zu laufen, klatschte so laut in die Hände, dass es wehtun musste. Es war nicht nur der Alkohol, er war drauf und dran, durchzudrehen.

»Bleibt, wo ihr seid, ich komme wieder!«, brüllte er.

Er ging tanzend zur Bar. Laura schaute mich verblüfft an. Wir brachen gleichzeitig in Lachen aus. Einen Moment lang hingen wir in der Schwebe.

Dann rückten wir wieder näher zusammen. Unsere Körper schmiegten sich aneinander. Wir waren kurz davor, uns zu küssen.

»YES! YES! YES!«

Franck kam mit drei neonfarbenen Shots zurück. Er hielt sie in einem Dreieck über seinen Kopf. Er sah aus wie ein Irrer. Wir lachten wieder – dank ihm wurden wir zu Komplizen. Laura legte ihren Kopf in meine Halsbeuge. Daraufhin stieß Franck einen langen, hellen Schrei aus, eine Art durchdringendes Freudengeheul. Ich glaubte, er würde zusammenbrechen. Er gab uns die Shots. Er kippte seinen hinunter, warf den Kopf mit dem schwingenden Pferdeschwanz in den Nacken und schmetterte dann sein Glas auf die Erde. Die Leute schauten ihn entsetzt an. Laura löste sich von mir.

»Franck, ist alles okay?!«

Sie lachte immer noch ein bisschen, aus Höflichkeit.

»Aber ja! YES!«

Er begann erneut, in die Hände zu klatschen. Er wurde von verschiedenen Leuten zurückgedrängt, von der Menge davongetragen wie von einer Welle, und verschwand.

»Was sollen wir machen?!«, fragte mich Laura.

»Vielleicht sollten wir ihn in Ruhe lassen!«

Sie zögerte, dann:

»Sollen wir gehen?!«

»Ja, willst du mit zu mir kommen?!«, antwortete ich spontan, ohne nachzudenken.

»Warum nicht!«

Um mir keine Zeit für einen Rückzieher zu geben, nahm ich ihre Hand und drängte zum Aufbruch. Sie schaute sich nach Franck um.

»Sagen wir ihm Tschüss oder nicht?!«

»Wir sehen ihn im Kurs wieder!«

Ich sah ihn nie wieder. Für mich irrte Franck für alle Ewigkeiten im La Plage umher, auf der Suche nach neuen Freunden, neuen Opfern, brüllend vor Lachen, Tränen in den trunkenen Augen.

Auf dem Heimweg unterhielten wir uns ein wenig. Wir schauten uns kaum an. Eine plötzliche Bewegung, so schien es mir, hätte ausgereicht, um den zarten Balance-Akt, der uns beide in meine Wohnung führte, zu stören. Wir überquerten die Brücke, die Uferstraße, die drei Verkehrskreisel, gingen durch die kleinen Straßen, das ausgestorbene Stadtzentrum. Ich sah den so vertrauten Weg in neuem Licht. Ich spürte, dass ich vor einer Wende in meinem Leben stand, dass es nun endlich richtig losgehen würde. Abgesehen von meinen Eltern beim Umzug, dem Klempner und einem Heizungstechniker, war noch nie jemand bei mir gewesen.

Beim Eintreten schaltete ich die Deckenlampe ein und bemerkte zum ersten Mal, wie weiß und stechend das Licht war, wie auf den La-Plage-Toiletten. Alles war viel zu gut sichtbar. Ich überlegte, ob ich es ausschalten und stattdessen die Nachttischlampe einschalten sollte, aber das wäre zu viel Intimität auf einmal gewesen.

»Es ist sehr ordentlich«, sagte Laura.

»Danke.«

Wir zogen unsere Jacken aus und setzten uns an meinen Tisch. Ich werkelte noch kurz herum, um uns zwei Biere einzuschenken, doch dann, als das Geräusch des Schaums in unseren Gläsern verebbte, waren da nur noch wir zwei, ohne Schatten, Menschenmenge und Musik. Laura ergriff die Initiative, sie begann ein Gespräch über den Abend, dann über unsere Berufe, dann über etwas anderes, bei dem ich kaum zuhörte, zu sehr damit beschäftigt, sie anzusehen, mich zu fragen, wie ich sie küssen sollte. Ich wusste es nicht. Ich vermutete, dass wir es beide wollten, da wir ja hier waren. Ich trank schnell, damit der Alkohol meine Angst löste, oder ihre, damit einer von uns den ersten Schritt tat. Es genügte, sich über den Tisch zu lehnen, oder um ihn herumzugehen. Alles wäre einfacher gewesen, wenn wir nebeneinandersäßen. Auch hier wusste Laura, wie sie es anstellen sollte. Sie ging zur Toilette, und als sie wiederkam, nahm sie ganz selbstverständlich auf meinem Bett Platz. Ich zögerte kurz, fasste mir dann ein Herz und ging zu ihr. Wir saßen nun nah beieinander, ohne Hindernisse zwischen uns, auf meiner ordentlich gefalteten Decke. Mir schlotterten die Knie, ich presste sie aneinander, trank mechanisch weiter aus meinem leeren Glas. Eine unbestimmte Zeit verging. Es war, als säßen wir an einer Bushaltestelle und warteten auf ein Ereignis. Irgendwann, ich spürte es, drehte sich Laura endlich zu mir, also drehte ich mich auch, und wir schauten uns an, und unsere Blicke fielen auf unsere Münder, und unsere Gesichter neigten sich für einen Kuss zueinander. Ich wusste nicht, wie es geht. Ich presste die Lippen aufeinander. Laura öffnete sie vorsichtig mit ihren. Der Speichelgeschmack verwirrte mich. Sie berührte meine Schulter, meinen Oberkörper, meinen Waschbrettbauch, knetete meine Muskeln, die unter ihren Fingern einer nach dem anderen zu schmelzen schienen und nur meinen früheren dünnen und ängstlichen Körper zurückließen. Sie ging zu meiner Hose über. Ich hätte es gern dabei belassen für diese Nacht, das war schon mehr als genug, aber ich ließ es geschehen, fragte nur:

»Können wir das Licht ausmachen?«

»Okay.«

Ich stand auf. Es waren nur wenige Schritte bis zum Lichtschalter, ich ging sie langsam. Ich sorgte wieder für Halbdunkel. Gerne hätte ich Fensterläden gehabt, um es ganz dunkel zu haben. Als ich mich umdrehte, sah ich Laura beinahe hüllenlos vor mir, nur in Unterwäsche auf mich wartend. Ich ging zu ihr. Sie flüsterte:

»Zieh dich aus …«

Ich blieb vor dem Bett stehen und tat, wie mir gesagt wurde, schnell und ohne nachzudenken, als würde ich schlafen gehen, zog ich mein T-Shirt, meine Jeans und meine Socken aus, auf einem Bein balancierend. Ich behielt nur meine Unterhose an.

»Die auch …«

Das letzte Mal, als ich mich jemandem nackt gezeigt hatte, war ich vierzehn, im Tischtennisclub, in dem meine Eltern mich angemeldet hatten und ich gezwungen war, mit zehn fremden Jungs zu duschen, die daran gewöhnt waren und lachten. Es schien mir, als würde nichts diese zwei Nacktzustände unterscheiden, als wären seitdem nicht zehn Jahre vergangen, als wäre ich noch ein Kind. Wir legten uns jeder auf die Seite, rieben uns aneinander, mit dem Unterleib aneinandergepresst. Es war feucht und schön. Ich konnte es nicht glauben, hier zu sein.

»Hast du Kondome?«

Ich hatte eins in meinem Portemonnaie, seit Langem dasselbe, und eine ganze Schachtel in meinem Badschrank. Sie mussten alle abgelaufen sein. Doch es war weniger diese Überlegung, die mich abhielt, als die Angst, unsensibel zu erscheinen, als hätte ich das alles geplant und in Gedanken an Laura Kondome gekauft.

»Ich glaube nicht«, sagte ich.

»Warte kurz, ich glaube, ich habe eins in meiner Tasche.«

Sie stand auf. Ich traute mich nicht, ihr beim Herumgehen zuzusehen. Das Ungenaue der Umarmung war mir lieber, wenn unsere Körper in vollkommener Nähe untergingen. Und das taten sie. Sie zog mir das Kondom über, legte sich auf mich. Es fühlte sich an, wie ich es mir vorgestellt hatte, warm und umhüllend. Wirklich genießen konnte ich es nicht, da ich nicht im Moment, nicht bei mir war. Ich kam schnell. Um mich zu entschuldigen, wollte ich anders weitermachen. Ich legte mich rechts neben sie und streichelte sie mit den Fingern. Den Mund zu benutzen traute ich mich nicht. Ich wurde immer schneller. Ich spürte ihre Haut an meiner, mein Arm brannte, ich wusste nicht mehr, wo Laura war, sie war unendlich weit weg. Ich spürte, dass auch sie zum Ende kommen wollte. Wir kämpften uns noch ein bisschen ab, dann legte sie ihre Hand auf meine, um mich zu bitten aufzuhören.

Ich schmiegte mich an sie. Erst da stieg das Glücksgefühl in mir auf. Jemanden im Arm halten, war alles, was ich wollte. Die Stille zog sich in die Länge, die Dunkelheit wurde undurchdringlicher. Ich war nicht mehr in meinem Zimmer, driftete langsam ab, unsere umschlungenen Körper verschmolzen, ich wusste nicht mehr, was zu meinem, was zu ihrem gehörte, ich schlief ein …

Dann flüsterte sie:

»Ich glaube, ich gehe nach Hause.«

Der Satz tat mir weh. Ich wollte am Morgen neben ihr aufwachen.

»Bist du sicher? Du kannst hier schlafen, das stört mich nicht.«

»Danke, aber ich schlafe bei mir besser.«

»In Ordnung.«

Sie stand auf, zog sich schweigend an. Ich tat es ihr gleich, um nicht nur dazusitzen. Sie nahm ihre Jacke und ihre Tasche, schaltete das Licht wieder an und schaute sich sorgfältig um, als ob sie hier nichts vergessen wollte, vor allem nie wiederkommen, mich nie wiedersehen.

»Okay, dann, gute Nacht.«

»Danke. Dir auch.«

Sie verabschiedete sich mit Wangenküsschen und

ging. Ihre Schritte verhallten im Treppenhaus. Im weißen Licht blieben nur mein ungemachtes Bett, die leeren Biergläser auf dem Tisch, das Summen des Kühlschranks zurück. Dann dachte ich ans La Plage und legte mich rasch ins Bett, um bald wieder dort zu sein.

WASSIM

2008

An diesem Freitag war ich schon ab einundzwanzig Uhr im La Plage, um vor dem Konzert von David Guetta die Ruhe zu genießen. Es war kaum etwas los. Man konnte noch den Boden sehen. Die Luft war frisch. Ich saß an der Bar, gegenüber von Alicia, der Barkeeperin. Sie war letztes Jahr dazugekommen. Im engen Oberteil, einen Pulli um die Hüfte geknotet, immer nüchtern, mixte sie einen Cocktail nach dem anderen, unterhielt sich nebenbei und hielt zu den Männern, die sie anmachten, gelassene Distanz. Das war mir nie in den Sinn gekommen. Nicht, dass Alicia mir nicht gefallen hätte – ich fand sie nett, direkt und elegant mit ihren präzisen Gesten –, aber sie war auf der anderen Seite des Tresens, abseits der Tanzfläche, unantanzbar, und die Distanz zwischen uns hatte Raum für eine wertvolle Beziehung geschaffen, die als Freundschaft gelten konnte, auch wenn sie aufs La Plage begrenzt war. Sie war die einzige Frau, mit der ich befreundet war. Beziehungen ohne Hintergedanken gab es hier nur begrenzt, und ich kam leichter mit Männern in Kontakt – wenn auch selten. Eigentlich war Alicia ganz einfach meine einzige Freundin.

»Ich weiß nicht, wie sie es geschafft haben, David Guetta zu bekommen … Er hat ja schon Niveau im Vergleich zu den anderen DJs, die sie sonst einladen. Vielleicht kennt er den Besitzer, oder er hat eine persönliche Verbindung zur Stadt … Auf jeden Fall ist das eine fette Werbung für den Club. Wenn du mich fragst, wird es heute Abend ordentlich voll, stell dich drauf ein …«

Sie schob mir einen kostenlosen Gin Tonic rüber und ging weg, um dem zweiten Barkeeper zu helfen, der nie den Mund aufmachte. Ich schwang auf meinem Hocker herum und schaute den tanzenden Frauen zu.

Ich träumte von einer festen Freundin, mit der ich Händchen halten, ins Kino gehen, spazieren gehen und mitten am Nachmittag schlafen konnte. Hier fand ich keine. Sicher, es gelang mir dank meiner Fortschritte auf der Tanzfläche manchmal, eine Tanzpartnerin zu küssen und am Ende des Abends bei ihr oder bei mir zu landen, aber das war alles, sie blieben nie über Nacht. Nach dem Aufwachen hoffte ich, dass es weitergehen, oder erst richtig anfangen würde, und wenn es nur ein gemeinsames Frühstück, der Austausch von Nummern oder ein

Abschiedskuss wäre, wie bei richtigen Paaren, wenn sie Auf Wiedersehen sagen, bis bald – aber nichts davon. Ich hielt keine zurück. Alles endete am Morgen, ich fand mich allein wieder, manchmal in der ärgerlichen Unordnung meiner plötzlich fremd wirkenden Wohnung, manchmal in einem unbekannten Viertel, von wo ich ohne Frühstück zur Arbeit ging, verkatert, schuldbewusst und grübelnd: Hatte ich beim Sex versagt, beim Gespräch, nicht dafür gesorgt, dass man mich wiedersehen wollte? Wahrscheinlich ja. Die Umstände kamen mir nicht zugute, da es oft spät in der Nacht geschah, beide betrunken waren und es eilig zu haben schienen. Ich hätte mehr Zeit, mehr Zärtlichkeit gebraucht. Vielleicht irrte ich mich einfach im Ort. Es konnte sein, dass die meisten Leute im Club nichts anderes suchten als einen One-Night-Stand, wie man sagt, den man unter bestimmten Bedingungen wiederholen konnte, die ich nicht erfüllte. Es gab andere Möglichkeiten, jemanden kennenzulernen. Dating-Portale, Bars, die Straße, die Ferien. Dabei stieß ich jedoch immer auf das gleiche Problem: Wie sollte man, ohne zu tanzen, in Kontakt treten, wie abseits der Tanzfläche die Glut entfachen? Alle Orte in der Gegend strahlten etwas Verschlossenes, Privates aus. Nein, außerhalb des La Plage war ich nicht in der Lage, Leute anzusprechen, ihnen in die Augen zu schauen, die Hand auszustrecken. Also kehrte ich dorthin zurück, nun drei Mal in der Woche, donnerstags bis samstags, und an den Feiertagen, ohne aufzugeben.

Gegen zweiundzwanzig Uhr stieß ein Freund von Alicia zu uns, Wassim, vielleicht achtundzwanzig wie ich, groß, muskulös wie ein Schwimmer, sympathisches Gesicht. Er trug ein dunkelblaues Hemd, das er in eine Stoffhose gleicher Farbe gesteckt hatte, gehalten von einem Gürtel. Nur seine Stan Smiths wirkten entspannt. Er schien direkt von der Arbeit gekommen zu sein, seinen Aktenordner an der Garderobe abgegeben und sich nur ein wenig zurechtgemacht zu haben, um nicht zu seriös zu wirken. Nachdem man uns einander vorgestellt hatte, bestellte er einen Mojito und wollte rauchen gehen. Da Alicia bereits zu viel zu tun hatte, musste ich ihn allein in den Raucherraum begleiten. Ich fürchtete, dass wir uns nichts zu sagen hätten, aber er ergriff ganz selbstverständlich die Initiative, während er sich eine Zigarette anzündete:

»Warst du schon mal hier?«

»Ja, ich komme mehrmals die Woche.«

»Ah okay, du bist ein richtiger Clubber. Und gehst du nie woandershin? In Bars, auf Partys …«

»Nein, das mag ich nicht besonders.«

»Verstehe. Hier wird es auch nicht so viel geben. Die Stadt wirkt ein bisschen tot. Und andere Clubs in anderen Städten, interessiert dich das nicht?«

»Ich fühle mich hier wohl.«

Einmal hatte ich es versucht. Ich war mit dem Bus zum Pili-Pili gefahren, fünfzehn Kilometer entfernt auf dem Land gelegen. Dort kam mir alles fremd vor: die Architektur, die Ausmaße der Tanzfläche, die Musik, die strategischen Stellen, die Form der Gläser und der Geschmack des Gins. Ich kam mir so verloren vor wie beim ersten Mal im La Plage, gezwungen, bei null anzufangen. Eine schreckliche Nacht.

»Wenn du so oft herkommst, musst du hier recht bekannt sein.«

Ich wollte bescheiden abwinken, aber ich kam mir überheblich vor, also änderte ich meine Geste im letzten Moment ab und fuhr mir durch die Haare.

»Ich kenne ein paar Leute, ja.«

Das war falsch, ich kannte Alicia und die Türsteher, das wars. Sonst waren es ständig wechselnde Gesichter. Die Stadt war groß genug.

»Sag bloß, du kennst David Guetta?«

»Nein, das nicht.«

»War nur ein Witz. Ist auf jeden Fall cool, dass du dem gleichen Club treu bleibst. Ich finde das schön.«

Er lächelte. Es gefiel mir, dass er versuchte, mich durch das La Plage kennenzulernen, ohne zu fragen, was ich »so mache«. Das wurde oft als Erstes gefragt. Ich antwortete nicht gern darauf. Mein Beruf definierte mich nicht. Ich empfand tiefe Langeweile, sobald diese Art von Thema die Party verdrängte, als wäre ich ein Kind und die Erwachsenen würden bei Tisch über Politik sprechen. Ich fragte nach:

»Und du, kommst du oft her?«

»Nein, zum ersten Mal. Ich lebe in Paris. Dort gehe ich aus, aber nicht in solche Locations. Heute Abend bin ich wegen Guetta hier. Ich finde toll, was er macht. Gefällt es dir?«

»Ja … Das hat Niveau«, wagte ich.

Ich hatte keine Meinung. Für mich ähnelten sich alle Musikstücke, die im La Plage gespielt wurden. Melodie und Text waren egal, was zählte, war der Beat. Ich konnte auf David Guetta, Lady Gaga, Pitbull, Magic System, Akon, Justin Timberlake und egal worauf tanzen, solange es einen regelmäßigen Beat hatte. Bei anderen Genres fehlte das. Ich hatte es versucht. Ich hatte Mozart, Pink Floyd und alles gehört, was das Internet mir vorschlug, wenn ich »best music oft the world« eingab. Da passierte nichts. Sogar, wenn ich versuchte, mich zu zwingen, berührte es mich nicht. Ich brauchte das Pulsieren, ohne das Musik nur heiße Luft war.

Wassim hatte eine andere Haltung eingenommen, schien nachzudenken, legte eine Hand auf seine Hosentasche.

»Ich habe E, willst du welches?«

»Was, bitte?«

»Ecstasy.«

»Ah, ja, Ecstasy, ich habe dich nicht richtig gehört.«

Ich errötete. Ich hatte noch nie welches genommen. Diese Dinge machten mir Angst. Manchmal sah ich Dealer auf dem Parkplatz oder auch in den Toiletten des Clubs herumstehen.

»Also, willst du?«

»Warum nicht.«

»Wir können jetzt eine nehmen, wenn du willst. Dann wirkt sie zu Beginn des Konzerts.«

»Gute Idee.«

Unauffällig nahm er zwei farbige Pillen aus einem Plastiktütchen. Ich verfiel in Panik, gab mich aber gelassen. Wie nahm man es? Ich musste an die ersten Zigaretten denken, die Vincent mir in der Schule gegeben hatte, als ich nicht wusste, wie man raucht. So war es weitergegangen. Man gab mir Dinge zum Inhalieren, Einwerfen, Absorbieren, und ich musste unter den Blicken derer, die auf einen Fehler warteten, zurechtkommen, als läge etwas Ehrenhaftes im Konsum, als ob Drogen und Alkohol ein männliches Handwerk wären, eine Fähigkeit, ein Beweis für Mut. Aber Wassim wirkte gutmütig. Er schluckte seine Pille mit einem Schluck Mojito, und ich musste es ihm nur gleichtun.

»Danke.«

»Gern.«

Wir gingen zurück. Die Musik wurde besser, die Leute trafen ein, der Club erwachte zum Leben. Ich musste lächeln. Es brauchte nicht viel, um ein Gleichgewicht herzustellen: Die Art der Lichter, die Dichte der Luft, die Beschaffenheit der Böden, hier war ich zu Hause, hier fand ich jene idealen Parameter, denen sich das Draußen widersetzte. Sofort steuerte ich, mich rhythmisch bewegend, auf die Tanzfläche zu, begegnete Blicken, spürte diese einzigartige Erregung in mir aufsteigen – die Nacht begann.

Für den Moment wollte ich mit Wassim zusammenbleiben. Als ich ein Stück weiter einen Club-Fotografen sah, schlug ich ihm vor, uns gemeinsam fotografieren zu lassen. Er lachte überrascht und folgte mir. Diese Fotografen streifen an manchen Abenden mit ihren Kameras umher. Ich hatte es mir zur Gewohnheit gemacht, mich unauffällig in ihr Blickfeld zu schieben, damit sie mich ablichteten, ohne dass ich fragen musste. Manchmal, wenn ich getrunken hatte, fand ich den Mut, direkt mit einer

Gruppe von Unbekannten zu posieren. Es brauchte eine gewisse Geschmeidigkeit, um sich derart ins Bild zu schieben, von der Seite oder von unten. Ich nahm immer die gleiche Pose ein: Daumen hoch, Muskeln angespannt, ernstes Gesicht, aber die Brauen hochgezogen, als sei ich überrascht, hier zu sein. Wenn mein Nebenmann nicht feindlich gesinnt war, interagierte ich mit ihm, deutete auf ihn oder fasste ihn an die Schulter. So schlich ich von einem Foto zum anderen, tauchte überall auf, wie die Wimmelbildfigur in den *Wo ist Walter*-Büchern. Ich vervielfältigte meine Präsenz. Am nächsten Tag waren die Fotos auf der öffentlichen Website »Soon Night« zu sehen, ordentlich retuschiert, glänzend. Alle darauf waren schön. Ich suchte nach meinen, postete sie auf Facebook und schrieb dazu, was mir gerade einfiel: »Super Party gestern«, »Spitze auf der Piste«, »Voll fresh« und so weiter. Ich bekam nicht viele Likes, weil ich nicht viele Freunde hatte. Dreiundneunzig, um genau zu sein. Es waren vor allem alte Bekannte aus der Schule oder der Berufsakademie, ein paar Kunden aus dem Bodymax und ein bisschen Verwandtschaft. Meine Tante, die ich kaum kannte, kommentierte manchmal meine Fotos: »Du scheinst dich gut zu amüsieren. Liebe Grüße. Christiane.« Das löschte ich rasch.

»Lächeln!«

Wassim warf sich ganz natürlich in Pose, mit erhobenem Daumen und gelassenem Lächeln. Ich war stolz, neben ihm fotografiert zu werden. Es war glaubhaft, dass wir Freunde waren. Hier welche zu finden, war wirklich nicht einfach. Die meisten schienen kein Interesse daran zu haben. Sie hatten schon welche. Oder kamen aus anderen Gründen. Das verstand ich, aber musste man Freundschaften deswegen ausschließen? In der Bar, im Raucherraum, auf der Terrasse knüpfte man schnell Kontakte, aber sie währten nie mehr als ein paar Minuten. Die Masse schluckte die Körper. Wer darin versank, tauchte selten wieder auf, wie ertrunkene Schwimmer. Zehn Meter bedeuteten hier Unendlichkeit. Immerhin enthielt das Problem auch einen Trost: Man konnte unablässig neue Leute kennenlernen.

Wir gingen zur Bar zurück, um bis zum Beginn des Konzerts etwas zu trinken. Wassim erzählte mehr von sich. Er war Marketingleiter bei Franprix, einer Supermarktkette, die es hier nicht gab. Er mochte Musik und Sport. Er lebte allein. Und war wirklich nett. Ich war gespannt darauf, ihn tanzen zu sehen. Erst dann würde ich ihn wirklich kennenlernen. Eine Stunde auf der Tanzfläche sagte mehr aus als Lebensläufe, Gespräche, Hobbylisten und Ausweise.

Um Mitternacht kam endlich David Guetta. Alle

begannen zu johlen. In der Luft hing eine elektrisierte, wilde, fast rachsüchtige Freude, das Zeichen guter Partynächte, als ob jeder gerade seinen über die Woche angestauten Frust von sich geworfen und platt getrampelt hätte. In dem Moment begann ich die Wirkung der Droge zu spüren. Mir wurde heiß, ich bekam Angst, glaubte, jegliche Kontrolle zu verlieren, stabilisierte mich plötzlich wieder. Die Wärme ließ nach. Die Abstände wurden kleiner. Ich glaubte zu funkeln. In mir stieg eine Welle der Liebe für die ganze Welt auf.

David Guetta – *Love Is Gone*

Wassim konnte sehr gut tanzen. Ich sah bei ihm keine Endlosschleifen, keine langweilige Routine. Viele hier begnügten sich damit, ihre üblichen Bewegungen aneinanderzureihen. Sie waren leicht zu erkennen. Ich hatte meine: Ellenbogen an den Körper gedrückt und erhobene Fäuste wie beim Boxkampf, die sich nacheinander öffneten, um zwischen den Taktschlägen den Rhythmus anzuzeigen, bei den Übergängen die Daumen in den Gürtel geschoben. Wassim jedoch schien sich immer weiterzuentwickeln, wie eine lange Melodie. Er improvisierte. Noch überraschender: Er lächelte. Die wenigsten lächelten beim Tanzen. Die Sache war zu ernst. Die meisten hatten einen zugleich konzentrierten und mürrischen Gesichtsausdruck, wie beim Masturbieren, wodurch das La Plage manchmal wie eine düstere Kirche wirkte. Doch Wassim stand mitten auf der Tanzfläche und lächelte, als wäre er glücklich. Er strahlte. Die Blicke blieben an ihm hängen, die Frauen suchten seine Nähe. Er ging auf ihr Spiel ein, ohne sie anzugraben, ergriff Hände, wechselte von einem Körper zum anderen, schuf eine gemeinsame Bewegung. Es schien, als ob es ihm egal war, ob er gefiel, als ob er nur zum Tanzen hier war. So etwas hatte ich noch nie gesehen. Verblüfft versuchte ich, ihn zu imitieren, mit meinen Bewegungen der Musik zu folgen. Es war erstaunlich einfach. Allein durch Wassims Gegenwart gelang es mir immer besser. Der Sound war fließend. David Guettas blondes Haar wippte über den Plattentellern. Die Lichter, die Farben, der Rhythmus und die Körper verschmolzen mit mir. Ich vergaß sogar, was ich hier wollte.

Als *Love Is Gone* gespielt wurde, mein Lieblingssong, erreichte das Glücksgefühl seinen Höhepunkt. Guettas Stimme hallte wie im Stadion: »Seid ihr gut drauf heute?!«, und ganz spontan, ohne mich zu schämen, fiel ich in das allgemeine Johlen mit ein, während die Bässe, die aus den Untiefen der Erde kamen, den Boden und unsere Eingeweide erschütterten. Wassim hatte den Mund nicht aufgemacht; ich sah, wie er die Decke anschaute – nie schaute jemand die Decke an, ich wusste nicht einmal, wie sie aussah, also hob ich ebenfalls den Blick, sah eine Anhäufung von Kabeln, Schienen und Scheinwerfern, dann zog mich Wassim am Arm hinter sich her, und ich verstand: Er hatte einen Lüftungsschacht entdeckt. Direkt darunter tanzten wir weiter, in einer frischen Brise, die vom Himmel kam. Genau dort spürte ich, warum ich das alles so liebte. Ich wusste es seit Langem, ohne es je in Worte gefasst zu haben: Beim Tanzen ordnete sich das Leben, unterwarf sich den Regeln von Rhythmus und Bewegung und der Logik von Unterbrechungen; es war wie eine riesige Quadrille, und über all das, was ich draußen nicht beherrschen konnte, legte sich ein vertrauter Filter.

Das Stück endete, und Wassim neigte sich meinem Ohr zu. Er wolle noch eine rauchen, rief er. Wir verließen die Tanzfläche, durchschritten die Menge. Im Raucherraum war es genauso heiß. Die Schwaden erstickten das Licht. Die Musik dröhnte dumpf durch die geschlossene Tür.

Wassim rauchte an die Wand gelehnt.

»Du tanzt wirklich gut«, sagte ich.

»Danke. Du bist auch nicht schlecht.«

»Ich habe noch nie jemanden so tanzen sehen.«

»Soll ich dir ein Geheimnis verraten? Man muss an die Höhlenmenschen denken.«

Ich schaute ihn gebannt an. Bevor er fortfuhr, schloss er die Augen und nahm einen langen Zug.

»Vereinfacht gesagt, waren es spirituelle Rituale, bei denen die Menschen in der Frühzeit miteinander getanzt haben. Das ist der Höhepunkt des Tanzes. Alles, was folgt, bleibt dahinter zurück. Kurz: Die Griechen kommen und finden das schön. Der Tanz wird zur Kunst. Natürlich mischen später die Könige mit. Sie wollen Spektakel, also wird das Ballett erfunden. Schluss mit Transzendenz. Im 19. Jahrhundert tritt Johann Strauss auf den Plan. Der größte DJ der Geschichte. Sein Ding ist der Walzer. Also tanzt man nicht mehr in der Gruppe, sondern findet sich als Paar zusammen. Natürlich erregt das alle ein bisschen. Der Tanz wird zum Flirt. Und nimmt Fahrt auf: Tango, Swing, Rock, die Erfindung der Nachtclubs. Der Slow taucht auf. Es sieht aus wie eine Annäherung, ist aber im Grunde das Gegenteil: Jedes Paar ist in seiner Blase. Nichts Gemeinsames mehr. Man könnte meinen, das sei das Ende, aber es kommt noch schlimmer: Computer ermöglichen den Techno, Jeff Miles und alles, was folgt. In der Folge tanzt jeder für sich und bleibt in seiner Ecke. Da befinden wir uns etwa. Wenn das so weitergeht, sind die Clubs in dreißig Jahren verschwunden, jeder tanzt zu Hause vor einem Bildschirm. Darauf kann ich verzichten. Also müssen wir in die Höhlenzeit zurück, als wir im Kreis getanzt haben – nicht zum Flirten, nicht einmal, um Spaß zu haben, sondern einfach, um zusammen zu sein … in einer Art spiritueller Transzendenz. Tja, das ist meine Theorie. Was auch immer dran ist. Was denkst du?«

Ich hing an seinen Lippen.

»Sehe ich auch so … Du scheinst dich gut auszukennen.«

»Solche Sachen gefallen mir. Abgesehen davon weiß ich nicht viel.«

Er zündete sich seine Zigarette erneut an. Ich suchte nach einer intelligenten Bemerkung.

»Also, wenn du tanzt … dann wirklich nur, um zu tanzen?«

»Ja.«

»Da ist keine Verführung im Spiel? Gar nichts?«

Das entlockte ihm ein Lächeln.

»Na ja, ich muss zugeben, dass dieser Club diesbezüglich nicht der beste Ort für mich ist.«

»Warum?«

»Das ist wirklich nicht mein Ding.«

»Warum?«

Er hob die Augenbrauen, als wäre es offensichtlich. Ich war nicht sicher, ob ich ihn richtig verstand.

»Ich stehe auf Männer.«

Ich versuchte, mir meine Überraschung nicht anmerken zu lassen.

»Ach ja?«

»Ja. Hier gibt es keine. Nicht solche.«

»Wie kommst du darauf?«

»Man muss sich nur umsehen.«

Ich schaute mich um. Das amüsierte ihn.

»Und, siehst du welche?«

»Ich weiß nicht.«

Er lächelte mich an. In dem Blick, mit dem er mich ansah, lag eine verwirrende Intensität, als würde mein Körper durch ihn Gestalt annehmen, an Konsistenz gewinnen. Ich spürte, dass er mich begehrte. Also kam mir der Gedanke, dass ich ihn küssen könnte. Vielleicht lag da die Lösung meiner Probleme und die Aussicht auf einen nächsten Morgen. Vielleicht hatte ich mich von Anfang an geirrt, war, ohne es zu wissen, auf der falschen Fährte. Ich musste es zumindest probieren. Ich fühlte mich dazu in der Lage, hier und jetzt. Unsere Blicke verfingen sich ineinander.

»Bist du dir sicher?«

Ich sagte nichts. Er kam näher und küsste mich sanft.

Nein, ich fühlte dabei nichts Besonderes, es bremste sogar die Intensität des ganzen Abends, die, wie ich wusste, der Droge zuzuschreiben war, nichts als Droge, die sich über meine Einsamkeit gelegt hatte. Wassim musste es bemerkt haben und löste sich.

»Entschuldige«, sagte ich.

»Das überrascht mich nicht. Ich dachte schon, dass das nichts für dich ist.«

»Ich dachte, dass ich Lust darauf habe, aber ich glaube, doch nicht. Ich bin ein bisschen verloren.«

»Keine Sorge. Deine Ehrlichkeit freut mich. Daran fehlt es oft. Wenn man nicht will, sollte man es nicht tun. Ich zwinge mich manchmal auch, wenn ich in einem Club bin. Ich glaube, dass mich das traurig macht. Ich muss damit aufhören. Das Einzige, was ich im Grunde will, ist verliebt zu sein.«

Seine Worte berührten mich.

»Ich auch.«

Ohne Vorwarnung schossen meine Gefühle direkt aus dem Herzen in die Kehle. Ich lächelte, um nicht zu weinen. Wassim sah es. Er legte mir die Hand auf die Schulter.

»Fällt dir das schwer?«

»Ein bisschen.«

»Keine Sorge, du wirst jemanden finden. Du bist attraktiv, du tanzt gut. Du wirkst nur nicht gewöhnlich. Also brauchst du auch jemand Außergewöhnlichen. Sie sind in der Menge nicht so leicht zu erkennen. Aber sie sind da. Jeden Abend. Du musst sie nur finden, mit ein bisschen Glück, oder ein bisschen Zeit.«

Er schaute auf sein Handy.

»Ich gehe lieber. Das E lässt nach, und ich habe keine Lust, nachzulegen. Es war ein schöner Abend. Hat mich gefreut, dich kennenzulernen. Pass auf dich auf.«

Wir verabschiedeten uns wie zwei Freunde, aber ich spürte, dass wir uns nicht wiedersehen würden. Ich kannte nicht einmal seinen Nachnamen. Wassim. Er war fort.

Drei Uhr morgens. Ich hatte nicht bemerkt, wie die Zeit verging. Die Leute schauten mich an. Im weißen Licht des Raucherraums wirkten ihre Leiber mit einem Mal zu präsent, schwer, am Boden festgeklebt. Ich war schwach, und mir war kalt. Um mein Gleichgewicht wiederzufinden, kehrte ich auf die Tanzfläche zurück. Sie war brechend voll. Alle hüpften im Rhythmus von *Baby When the Light*. Ich ließ mich von der Menge aufnehmen, bemühte mich zu tanzen wie Wassim, ausgelassen, fließend, selbstsicher. *Du wirst jemanden finden*, hatte er gesagt. Um mich herum wirbelten die Gesichter, so zahlreich, so schön. Der Club war wie die große Trommel einer Waschmaschine. Es genügte zu bleiben. Sich von ihr mitreißen zu lassen.

SYLVAIN

2010

Am Abend meines dreißigsten Geburtstags überraschten mich meine Eltern mit einer kleinen Familienzusammenkunft bei sich zu Hause: Meine Tante Christiane, mein Bruder Sylvain und Audrey waren da. Die beiden lebten nun in Rennes, wo sie einen Fahrradverleih eröffnet hatten. Sie erwarteten ein Baby. Ich würde Patenonkel werden. Der Gedanke erschien mir ziemlich abstrakt. Doch ich war reflexartig stolz darauf und fühlte zugleich einen wehmütigen Schmerz.

Beim Aperitif wurden mir Geschenke überreicht. Da keiner mehr so recht wusste, was mir gefiel, hatte man mir in den letzten Jahren einfach kleine Schecks in bunten Umschlägen zugesteckt, aber dieses Mal hatten sich alle etwas getraut. Von meinem Bruder und Audrey bekam ich zwei T-Shirts von Colorful Standard, einfach und gut geschnitten, von meiner Tante eine Flasche Champagner für eine besondere Gelegenheit, und von meinen Eltern eine Stehlampe für meine Wohnung. Meine

Mutter meinte nervös, dass ich sie umtauschen könne, aber ich beruhigte sie, die Lampe gefiel mir, oder eher: Sie störte mich nicht, ich hatte keinen Sinn für diese Art von Gegenständen. Wenn sie, ein- oder zweimal im Jahr, vorgeblich auf einen Kaffee bei mir vorbeikam, sorgte sie sich wegen der fehlenden Einrichtung, fürchtete, dass diese Leere sich auf meine Stimmung auswirken könnte, oder, noch schlimmer, sie widerspiegelte. Meine Wohnung diente zum Schlafen, Essen, Warten zwischen zwei La-Plage-Nächten. Wenn ich endlich vergeben wäre, so dachte ich, wäre die Zeit gekommen, sich einzurichten oder umzuziehen.

Beim Essen, das wusste ich, konnten zwei Gesprächsthemen auf mich zukommen, wahrscheinlich über meine Tante: mein Körper und meine Nächte. Das erste kam auf, als ich vom Huhn nachnahm. Christiane meinte, dass ich großen Appetit hätte, sicher, weil ich so viel Proteine benötigte, ob ich übrigens auch Nahrungsergänzungsmittel nähme? Ich entzog mich mit den üblichen Argumenten: Ja, aber ganz naturbelassene, Milchprotein in Pulverform, die nichts mit Steroiden zu tun haben. Doch sie schien weiter an der Naturbelassenheit meines Körpers zu zweifeln, als ob ich mogelte oder ihn irgendwo gestohlen hätte. Ich war in ihren Augen nicht glaubwürdig. Sie kannte mich lange genug, um zu beobachten, wie ich mich veränderte, um sich an mich als dünnen Jungen zu erinnern. Das sah man mir noch an: Mein Gesicht war fein und zart, es erinnerte an das, was ich nicht mehr sein wollte, schien nicht zu meinen dicken Armen, meinen dicken Brustmuskeln, meinem breiten Rücken und dem ganzen Muskelpelz zu passen, den ich über meine Knochen geworfen hatte. Auch meinen Eltern gelang es nicht mehr, ihr Unbehagen zu verbergen. Vor allem meinem Vater. Er hörte meiner Tante zu und dachte sich seinen Teil. Im Laufe der Jahre war seine Freude darüber, dass ich unter Leute und zum Sport ging, verblasst, hatte sich in Unverständnis gewandelt, in stumme Missbilligung. Sein Lächeln war erstarrt wie bei einem guten Witz, der zu lang dauert. Er fand, dass ich mich darin einschloss. Ich wich dem Thema aus. Mit der Zeit sprachen wir immer weniger miteinander.

Beim Nachtisch spitze sich die Lage zu. Christiane, wahrscheinlich angespornt vom Muscadet, kam auf die Idee, mich zu fragen:

»Und sonst, Arthur, wie läuft es mit der Liebe?«

Ich gluckste wie ein verklemmter Teenager, der in die Jahre gekommen war. Meine Eltern stellten sich tot. Audrey warf mir ein mitfühlendes Lächeln zu. Sie war immer sehr nett zu mir, fast zu sehr, als ob ich ihr leidtäte.

»Hast du eine Freundin?«, hakte meine Tante nach.

»Nicht wirklich.«

Dabei hatte ich Marlène. Unsere Beziehung war zwar unbeständig, aber das musste genügen, um sie vor ihnen »meine Freundin« nennen zu können. Wenn ich mich getraut hätte, hätte ich ihnen bis zum Ende des Essens von Marlène erzählt. Meine Eltern hätten sich sehr gefreut. Sie warteten nur darauf. Sie wollten den Beweis, dass mein gewähltes Leben zu etwas führte, sie wollten beruhigt werden, entschädigt für all die Jahre, in denen sie mich selbst dazu gedrängt hatten, mich zu verabreden und auf Partys zu gehen. Ein Wort hätte genügt, um alle zu besänftigen: Marlène. Aber ich sprach es nicht aus. Die Kluft zwischen ihr und ihnen war zu groß, der Gedanke, über sie zu sprechen, so abwegig, wie sich meine Eltern tanzend im La Plage vorzustellen. Zwei getrennte Welten. Wie hieß es so schön: wie Tag und Nacht.

»Ich nehme an, dass du viele Bekanntschaften machst«, fuhr meine Tante fort.

»Es geht.«

»Gehst du immer noch so oft in die Disko?«

»Es wird wohl eher ›Nachtclub‹ genannt«, warf meine Mutter ein.

»In den Nachtclub, natürlich. Also, ich habe

mich gefragt: Kann man in einem Nachtclub *ernsthaft* jemanden kennenlernen?«

»Natürlich«, schaltete sich Sylvain ein. »Dazu sind sie da.«

»Ich meine, führen diese Begegnungen zu einer Beziehung, nicht nur zu einem Flirt?«

»Man müsste sich die Statistiken anschauen«, fuhr er fort, »aber ich denke, ja, viele Paare lernen sich im Nachtclub kennen.«

»Arthur, wärst du bereit, die Frau deines Lebens dort zu treffen?«

Ich zuckte mit den Schultern und spürte, wie ich rot wurde.

»Ja.«

Es folgte ein Moment des Schweigens. Ich schenkte mir nach und starrte abwesend ins Leere, damit Christiane sich nicht traute nachzuhaken. Sie beobachtete mich mit ihrem ethnologischen Blick. Audrey wollte mir beispringen:

»Ich finde diesen Zwang einer Paarbeziehung ein bisschen heftig. Als ob es Pflicht wäre. Obwohl man auch ohne glücklich sein kann.«

»Ach so?«, sagte Sylvain. »Gut, also, ich glaube, ich gehe dann mal …«

Er tat so, als würde er aufstehen, und alle lachten. Er setzte sich rasch wieder hin und streichelte Audreys Arm. Bei ihrem Anblick bekam ich auch Lust darauf. Sie hielten sich nicht an der Hand oder im Arm, küssten sich selten vor uns, und dieser Abstand sagte indirekt viel über ihre Liebe, über die unendlichen Stunden, in denen sie sich umarmen konnten, vom Fehlen jeglicher Dringlichkeit und dem Freiraum für Stille, einfache Freuden, selbst gewähltem Alleinsein. Ich wäre gern wie sie, selbstsicher genug, um an etwas anderes denken zu können, hätte gern manchmal Zeit, nicht lieben zu wollen.

Noch vor Mitternacht gingen alle ins Bett. Ich sollte auch dort übernachten, auch wenn ich zu Fuß nur zwanzig Minuten bis nach Hause brauchte. Ich kehrte nicht gern in mein Jugendzimmer zurück. Beim Anblick meines alten Schreibtischs, meines New-York-Posters, meiner Comicsammlung und all der unangetasteten Gegenstände, als wäre ich tot, überkam mich jedes Mal eine verwirrende Traurigkeit. Ich blieb noch in der Küche und holte den Muscadet hervor. Es war nicht gerade Gin, aber genießbar. Ich war leicht betrunken. Die anderen glaubten, es zu sein, sie lachten darüber und fürchteten den nächsten Morgen, aber sie hatten keine Ahnung, was eine richtige Party war, ein richtiger Kater. Ich dachte ans La Plage, es fehlte mir. Ich saß hier fest und hatte das unangenehme Gefühl, einen legendären Abend zu verpassen, dass dort etwas

Wichtiges geschah, ohne mich, hinter meinem Rücken. Alicia hatte mir einmal erzählt, dass diese Angst einen Namen hatte: FOMO, *Fear of Missing Out*. Seit es Social Media gab, litten vor allem Jugendliche darunter.

Die Küchentür ging auf: Es war Sylvain.

»Was machst du hier so allein?«

»Ich bin noch nicht müde.«

»Ist alles in Ordnung?«

Ich nickte. Er schien nicht überzeugt, denn er nahm mir gegenüber Platz. Sein Blick fiel auf den Wein.

»Du trinkst viel, oder?«

»Es ist mein Geburtstag, das ist normal.«

Er schaute verschwörerisch und schenkte sich ein Glas ein, aber ich spürte, dass er eigentlich keine Lust hatte, dass es nur eine Taktik war, um mich in Sicherheit zu wiegen.

»Es war ein schöner Abend.«

»Ja.«

»Auch wenn Christiane unsensibel war.« Er kniff die Augen zusammen, äffte sie nach:

»Sag mal, Arthur, du solltest mich mal in die Disko mitnehmen!«

Ich lächelte ihm zu.

»Weißt du … ich finde, dass du zurzeit nicht so gut aussiehst.«

Da war es. Bestimmt schickten ihn meine Eltern. Er war ihr Gesandter. Er kam, um mir zu sagen, was sie sich nicht mehr trauten.

»Manchmal denke ich, dass du versuchen solltest, mal was anderes zu sehen … Ich weiß nicht, du könntest verreisen, dir die Gegend anschauen … Und vor allem musste ich daran denken, was Christiane gesagt hat … über Beziehungen und all das … Gut, es war ungeschickt, aber im Grunde hat sie nicht unrecht. Vielleicht würde es dir guttun, dich auf jemanden einzulassen, oder?«

Da traf ich eine Entscheidung: Ich musste ihm Marlène vorstellen. Sonst würde das nie enden. Ich musste mich trauen. Sie nur ihm vorstellen, schon in dieser Nacht. Sie war sicher im La Plage, wie jeden Freitag. Er könnte meinen Eltern einen geschönten Bericht liefern. Alle wären erleichtert, ich eingeschlossen.

»Hättest du Lust, ein bisschen durch die Innenstadt zu laufen?«

»Klar. Ich sage nur Audrey Bescheid, und dann gehen wir.«

Es brauchte ein wenig guten Willen, um im Dezember auszugehen. Viele Clubgänger tauchten erst bei schönem Wetter wieder auf, wie die Moskitos und die Touristen. Ich mochte das La Plage zu jeder

Jahreszeit. Jede hatte etwas für sich. Im Winter erinnerten mich der Gang durch die Schleuse und das Ablegen meines Mantels an der Garderobe an den heißen Kakao meiner Kindheit, den Regen auf den Fensterscheiben, die langen Sonntage im Pyjama vor dem Fernseher.

Als wir auf unserem Spaziergang zum Flussufer kamen, gegenüber der Brücke, schien Sylvain angespannt.

»Warte … Wo führst du mich eigentlich hin?«

»In den Club.«

»Machst du Witze?«

»Nein. Warum?«

»Aber alle sind zu Hause.«

»Sie schlafen.«

Er schaute mich an, als wäre ich verrückt geworden.

»Das kannst du mir nicht antun, das ist so trostlos.«

»Nur kurz, bitte. Ich würde es dir gern zeigen. Der Abend meines Geburtstags ist doch eine gute Gelegenheit.«

Er dachte nach. Ich tat ihm wohl leid.

»Ich bin nicht dafür angezogen.«

»Ich auch nicht, das macht nichts, es ist kein besonderer Abend.«

»Nur eine halbe Stunde, nicht länger, okay?«

Als wir die Brücke überquert hatten und über den vertrauten glatten Asphalt des Parkplatzes gingen, fühlte ich mich besser, wie auf der richtigen Seite der Stadt. Aus meinem Körper wich die Anspannung. Ich zündete mir eine Zigarette an.

»Du rauchst?«

»Nur beim Ausgehen.«

Irgendwann müsste ich damit aufhören. Es war schwierig, auf diese Stütze zu verzichten, den kleinen Stängel zwischen den Fingern, der einen davon entband zu sprechen und das Alleinsein im Raucherraum und überall sonst, wo man nicht tanzen konnte, so gut rechtfertigte.

Als wir näher kamen, wurde Sylvain wieder zu meinem kleinen Bruder. Er holte sein Handy hervor, steckte es wieder ein, richtete seinen Hemdkragen. Ich wollte ihn beruhigen.

»Du wirst sehen, da drinnen ist gute Stimmung.«

»Ich kenne es, ich war schon mal zu Schulzeiten hier.«

»Ach, super! Wie oft?«

»Einmal.«

Wir kamen zum Eingang.

»Hallo, Alassane«, begrüßte ich den Türsteher.

»Hallo, Arthur, wie gehts?«

»Gut.«

»Umso besser.«

Er schaute zu meinem Bruder, der nervös lächelte.

»Ihr seht euch ähnlich, oder irre ich mich?«

»Freut mich«, sagte Sylvain und reichte ihm die Hand.

Alassane schüttelte sie belustigt.

»Kommt rein, einen schönen Abend, fühlt euch wie zu Hause.«

»Viel Erfolg«, sagte Sylvain im Vorbeigehen.

Er kommentierte nicht, dass ich ihn ohne Eintritt eingeschleust hatte, hatte es wahrscheinlich nicht einmal bemerkt. Als er mir durch die Schleuse folgte, bemühte er sich, keine Verwunderung zu zeigen, als ob er den Ort gut kannte, aber das war eine Taktik, die ich schon tausend Mal angewandt hatte, ich konnte sehen, dass er nicht entspannt war, dass die wummernden Bässe ihm die Kehle zuschnürten. Das verlieh mir ein Gefühl der Legitimität. Hier, hinter dieser Tür, fand mein Leben statt, und ich war kurz davor, es ihm zu zeigen.

Rihanna – *We Found Love*

»Setz dich, ich bin in fünf Minuten zurück!«

Er schob sich an der Wand entlang zu einem Tisch. Ich ging zur Bar, musste die Schultern einsetzen, um den Tresen zu erreichen, der von den Leuten belagert wurde, die bereits ihren Drink bekommen hatten. Ich fragte Alicia, ob sie Marlène gesehen habe, sie sagte Ja, etwa in der Mitte der Tanzfläche, und fügte hinzu: schon ziemlich betrunken.

Da war Marlène, ausgelassen tanzend. Ich blieb einen Moment stehen, um sie aus der Distanz zu betrachten. Sie war groß und durchtrainiert, trug ein enges, leichtes Kleid. Alicia fand sie billig, ich fand sie schön: Ich mochte ihre kantige Nase, ihr empörtes Gesicht, ihre Art zu tanzen, als sei sie wütend. Ich wünschte, ich hätte sie besser beschreiben können, über die Person reden, die sie wirklich war, aber ich wusste fast nichts über sie, kannte nur ihren Körper in der Dunkelheit des La Plage oder ihres Autos, das auf dem Parkplatz stand. Ich hatte sie vor zwei Monaten hier getroffen, auf der Tanzfläche. Wir waren vom ersten Augenblick an beim Tanzen verschmolzen, wie ein Paar, das zusammen geübt hatte. Die Leute blieben sogar stehen, um uns zuzusehen. Sie hatte mich geküsst, gestreichelt, vorgeschlagen hinauszugehen und mich zu ihrem Auto mitgenommen. Hinter den getönten Scheiben, mit Fun Radio auf voller Laustärke, hatten wir miteinander geschlafen. Sie hatte sich auf mich gesetzt und sich an meinen Körper geklammert, ohne dass es mir gelungen wäre, ihren Blick aufzufangen, als ob sie mit geschlossenen Augen kämpfte. Ihr Orgasmus brachte auch mich zum Kommen, und es folgten weder Traurigkeit noch Leere. Ich hatte mich an sie geschmiegt, aber sie hatte sich sanft gelöst und mir gesagt, dass sie sich lieber allein ausruhen wolle. Ich ging ohne Einwände – um sie nicht zu nerven, dummerweise, ohne nach ihrer Nummer zu fragen. In den Tagen darauf hasste ich mich dafür, doch dann, am nächsten Freitag, tauchte sie wie durch ein Wunder wieder auf der Tanzfläche auf, und alles begann von vorn. Eine Routine entstand. Ohne Dates oder gemeinsame Morgenstunden. Die Nacht führte uns zueinander und von der Tanzfläche zum Auto zum Sex zu nichts weiter. Während wir uns im Arm hielten, spürte ich wohl, dass Marlène meinen Körper dem, was ich wirklich war, vorzog. Sie schaute mich nie an, küsste mich selten. Doch diese Geschichte war anders als die anderen, da war ich mir sicher. Meine Gefühle wuchsen im Stillen. Bald würde ich sie ihr gestehen. Ich war verliebt.

»Hallo Marlène!«, rief ich, während ich mich vor sie schob.

Sie war mit einem Mann beschäftigt, der obszön tanzte, Hüfte nach vorn und Oberkörper nach hinten gekippt, breitete er die Hände aus, als ob er versuchte, sie in eine Ecke zu drängen. Sie stieß bei meinem Anblick einen Schrei aus und warf sich in meine Arme.

»Arthur! Ich habe dich überall gesucht.«

Sie wirkte tatsächlich ziemlich betrunken, vielleicht auch auf Kokain. Manchmal bot sie mir auf der Toilette eine Line an, aber ich lehnte ab. Seit dem David-Guetta-Konzert hatte ich nie wieder Drogen genommen. Ich fürchtete, einen zu heftigen Eindruck von Glück zu bekommen oder so etwas in der Art. Lieber hielt ich mich an das, was für mich in Reichweite war.

»Heute ist mein Geburtstag!«, rief ich, während ich entspannt tanzte.

»Wirklich?! Aber das müssen wir feiern! Komm, wir nehmen uns sofort eine VIP-Ecke!«

Ich folgte ihr.

»Ich bin mit meinem kleinen Bruder hier, könnte ich ihn dir vorstellen?«

»Aber klar!«

Ängstlich fügte ich hinzu:

»Ich habe ihm allerdings noch nie von dir erzählt, vielleicht wäre es also besser, wenn wir sagen, dass wir zusammen sind, um es einfacher zu machen?«

»Keine Sorge, ich regle das!«

Über den Tresen gelehnt, rief sie Alicia zu, dass heute mein Geburtstag sei, und fragte nach einem VIP-Bereich. Alicia reservierte uns einen, inklusive Champagner und brennender Shots anstelle von Kerzen. Wir trugen sie mit erhobenen Armen durch die Menge zu den königlichen Bänken, höher gelegen und leuchtend im Schatten der Palme. Normalerweise kostete es mindestens hundert Euro, dort zu sitzen. Wir hatten den ganzen Club im Blick. Die Welt lag uns zu Füßen.

Ich ging Sylvain holen. Er hatte sich nicht vom Fleck bewegt, saß mit übergeschlagenen Beinen und dem Handy in der Hand da.

»Komm, ich stelle dir jemanden vor!«

Verdutzt folgte er mir.

»Das ist Marlène … meine …«

»Seine Freundin!«, rief sie und breitete die Arme aus.

Er schaute mich einen Moment lang verständnislos an, beeilte sich dann zu lächeln und reichte ihr die Hand.

»Freut mich, Marlène!«

Wir setzten uns. Sie öffnete den Champagner und ließ den Korken knallen.

»Auf Arthurs Geburtstag!«

Sylvain hob sein Glas, vollkommen überfordert. Obwohl ich ein wenig nervös war, war ich stolz und glücklich. Marlène hatte einen Arm um meine Taille gelegt. Wir sahen aus wie ein Paar. So hätten wir im Restaurant sitzen können, auf einer Parkbank oder sogar am Tisch meiner Eltern drei Stunden zuvor – alle hätten uns als Paar angesehen. Ich musste an die Flasche denken, die Christiane mir geschenkt hatte. Das war nett. Ich hätte sie gern bei mir zu Hause mit Marlène getrunken. Nach einem kurzen Moment des Schweigens lehnte sich Sylvain zu ihr:

»Was machen Sie so beruflich?«

»Was?!«

»Du musst lauter reden, Sylvain!«

»Ich habe gefragt«, schrie er und sah sich um, »was Sie für einen Beruf haben?!«

Ich horchte neugierig auf, sie hatte nie darüber gesprochen.

»Wir können uns doch duzen, hm? Ich arbeite in einem Reisebüro!«

»Das ist ein wachsender Sektor!«

Sie nickte und lachte kurz. Er schien darauf zu warten, dass sie ihn das Gleiche fragte, aber sie sagte nichts, begnügte sich damit, sich Champagner nachzuschenken und dabei meinen Oberschenkel zu berühren. Ich begann, mich unwohl zu fühlen. Sylvain zwang sich weiterhin zu lächeln. Sein angespanntes Gesicht imitierte ungewollt ihre Mimik, wie ein zu konzentrierter Kinozuschauer.

»Und wie habt ihr euch kennengelernt, ihr beide, wenn das nicht zu indiskret ist?«

Sie lachte wieder. Ich versuchte, ihr ein Zeichen zu geben.

»Auf einer Reise!«, erklärte sie.

»Ach so? Aber … wo denn?«

»In … Kroatien!«

Sylvain schaute mich misstrauisch an. Das war zu viel. Ich stand abrupt auf.

»Gehen wir tanzen?«

Marlène sprang auf. Sylvain schaute mich an, als würde ich unseren Pakt brechen.

»Lieber nicht, Arthur, das ist nicht so mein Ding …«

»Na los!«, rief Marlène. »Mach dich locker! Ich bin sicher, du tanzt genauso gut wie dein Bruder!«

»Oh, das glaube ich nicht.«

Aber sie zog ihn am Arm, und er musste nachgeben. Wir blieben am Rand der Tanzfläche. Um den Schaden ein wenig auszugleichen, gab ich alles beim Tanzen mit Marlène, damit mein Bruder zumindest sah, wie gut sich unsere Körper verstanden. Ich liebte das. Seit meiner Begegnung mit Wassim war mir der Tanz zu zweit lieber als allein. Es war ein Spiel mit der Verschiedenartigkeit, die Kunst, auf die Bewegungen des Gegenübers einzugehen, Rhythmusverschiebungen zu erfinden, Echos, blitzartige Gleichzeitigkeit. Wenn ich tanzte, verwandelte ich mich. Ich sah es an den Blicken der Umstehenden und in der Spiegelwand. Ich fand mich schöner. Ich wollte, dass alle mich sahen, die ganze Welt.

Sylvain war beeindruckt, blieb starr vor uns stehen, am Boden festgenagelt, und wippte mit dem Fuß im Takt.

»LOS, SYLVAIN!«, brüllte Marlène.

So in die Enge getrieben, entschloss er sich zu tanzen, wenn auch so minimal wie möglich, die Nase von seinem gezwungenen Lächeln gerunzelt. Er klatschte zu Unzeiten in die Hände, verfehlte den Rhythmus, schaute sich um wie auf der Suche nach einem Taxi. Sein Blick fiel gegen seinen Willen auf die Frauenkörper um ihn herum, glitt nervös an ihnen auf und ab, dann schaute er schuldig in die Luft. Es sah so aus, als versuchte er, sich im Schwimmbad über Wasser zu halten. Seine dünnen Beine und seine Knie, die durch die Jeans stachen, ließen ihn ein wenig linkisch wirken. Männern wurde selten auf die Beine geschaut. Man schaute ihren Brustkorb und ihre Arme an, aber der Unterkörper wurde unterschätzt. Zu dünne, zu lange Beine, Beine ohne Ausstrahlung wie die meines Bruders oder meines Vaters ärgerten mich, beförderten die Erinnerung an das herauf, was ich einmal war. Als ich Sylvain so sah, so verloren, fühlte ich mich fern von ihm, jenseits einer Glasscheibe, und zugleich wurde ich traurig; es gefiel ihm hier nicht, er mochte Marlène nicht, hatte ihr nichts zu sagen und würde sie nie wiedersehen. All das war für ihn nur ein Abstecher, ein Gefallen, er schaute kurz herein, in meine Nächte.

Er nutzte den Übergang zwischen zwei Tracks, um sich zu mir zu lehnen:

»Ich gehe nach Hause!«

»Schon?«

»Ja, es ist spät, ich will nicht, dass Audrey sich Sorgen macht! Aber danke für den Abend, es war sehr nett! Du bist ein toller Tänzer! Und ich habe mich gefreut, deine …«

Es gelang ihm nicht, den Satz zu beenden, er deutete einfach auf Marlène. Er verabschiedete sich von ihr mit einem kurzen Zeichen, auf das sie antwortete, ohne mit dem Tanzen aufzuhören.

»Komm nicht zu spät heim, bitte! Es wäre gut, wenn du beim Brunch fit bist!«

Er ging davon, die Leute vorsichtig umschiffend, als würde er sich mitten in einer Aufführung durch die Sitzreihe zum Ausgang stehlen.

»Er ist nicht besonders gut drauf, dein Bruder!«, sagte Marlène und ergriff wieder meine Hände.

Ich antwortete nicht. Ich tanzte einfach nur mit ihr, um an nichts zu denken.

Ein Song reihte sich an den nächsten, die Zeit dehnte sich. Irgendwann war ich erregt, also sagte ich:

»Ich habe Lust auf dich …«

»Komm …«

Draußen regnete es. Hohe Absätze, Gelfrisuren, gebügelte Hemden, alle beeilten sich, ins Trockene zu kommen. Der Club war eine Insel, die Neonlichter spiegelten sich auf dem Asphalt und auf der Loire. Die Stadt drum herum war ein einziger Regenguss. Mit den Jacken über unseren Köpfen, rannten wir bis zu Marlènes Auto. Sie stellte Fun Radio auf volle Lautstärke, und wir zogen uns aus. Als wir dieses Mal miteinander schliefen, überrollten mich meine Gefühle, und mir entschlüpften die Worte:

»Ich liebe dich …«

»Was hast du gesagt?«

»Ich … nichts …«

Sie hielt inne. Stellte die Musik ab.

»Arthur, ich habe es gehört. So was darfst du nicht sagen …«

»Warum?«

»Ich weiß nicht … Das hemmt mich. Es ist zu viel. Du kannst mich nicht lieben, wir kennen uns kaum.«

Sie löste sich von mir. Ihr Körper war steif. Mein Kinn begann zu zittern. Der Augenblick war ernst, und ich wollte zumindest, dass wir ihn auch so erlebten, aber Marlène wirkte nur genervt, auf brutale Weise gleichgültig. Ich versuchte nicht, sie zu überzeugen. Ich hatte Angst, sie noch weiter von mir wegzutreiben. Meine Hoffnungen schrumpften bereits darauf zusammen, dass sie mich nicht in allzu schlechter Erinnerung behalten würde.

»Entschuldige.«

»Mir tut es leid, ich weiß nicht, was in mich gefahren ist.«

»Das ist nicht schlimm, vergessen wir es. Ich bin müde. Ich fahre nach Hause.«

»Du solltest nicht fahren, du hast getrunken … Du solltest besser ein Taxi rufen.«

»Keine Sorge, ich regle das.«

Ich ließ sie in Ruhe. Sie fuhr immer so nach Hause.

»Pass auf dich auf. Gute Nacht, Marlène.«

Sie schaute mich fast zärtlich an, streichelte meinen Arm und begann dann, sich anzuziehen. Ich stieg aus. Sie schien hinter der getönten Scheibe zu verschwinden. Ihr Wagen startete, fuhr über die Brücke, am Ufer entlang und verschwand.

Ich ging eine Zeit lang spazieren. Mit gekrümmtem Körper wartete ich darauf, dass der Schmerz kam, wie wenn man sich den Zeh am Tischbein gestoßen hat. Ich hatte einen Kloß im Hals, meine Brust weitete sich, alles vor meinen Augen schien mir traurig und vergeblich: die Regenschirme, die über den Parkplatz eilten, die Clubgäste unter dem Vordach, die ausgestorbene Stadt. Das musste Liebeskummer sein. Ich wusste nicht, wohin. Beim Gedanken, zu meinen Eltern zu gehen, wurde mir kalt: leise den Flur entlanggehen, schlecht schlafen, zu spät aufwachen, heimlich eine Schmerztablette nehmen, runtergehen und die Familie frisch und fröhlich im Garten vorfinden, Sylvains Blick begegnen, dem meines Vaters ausweichen, den meiner Mütter spüren, wieder lügen, nicht weinen können.

Ich holte mein Handy hervor, es war ein Uhr morgens. Mein Geburtstag war vorbei. Doch der Club hatte bis sechs Uhr geöffnet. Es blieb noch fast die ganze Nacht. Ich sah keine bessere Möglichkeit. Ich brachte meine Haare in Ordnung, steckte mir einen Kaugummi in den Mund und ging zurück, tanzen.

ISABELLE

2014

Die Zeit verging schneller als zuvor. Ich fühlte es auf allen Ebenen, Partys, Wochen, Monate, Jahreszeiten, Jahre. Ich erinnerte mich an den schulfreien Mittwoch in meiner Kindheit und die endlosen Sommerferien. Ich begann, die tatsächliche Dauer einer Existenz zu erkennen, ihre Konturen zu erahnen, zu verstehen, dass alles schneller gehen würde als gedacht und man sich infolgedessen besser ein wenig beeilte, um nicht allein zu sterben. Die anderen stürmten voran. Ich sah es auf Facebook. Auf den Profilseiten meiner Kontakte waren die Fotos von Partys und Saufgelagen klammheimlich Bildern von Paaren und Kindern gewichen, von ihren bereits vollständigen Familien und identischen Reihenhäusern, als würden sie sich alle im selben fernen Stadtviertel sammeln, ohne auf mich zu warten; und all das löste in mir das gleiche traurige Gefühl aus wie das Ende der Nächte im La Plage, wenn die Musik am frühen Morgen verstummte und die Türsteher die letzten Clubbesucher verscheuchten, wonach jeder wie am Ende der großen Pause in sein wirkliches Leben zurückkehrte und mich mit klopfendem Herzen, frustriertem Körper und Sonnenlicht in den Augen zurückließ. Ich war vierunddreißig Jahre alt.

Im Juli 2014 schloss das La Plage drei Wochen lang wegen Bauarbeiten. Am ersten Tag ging ich dort vorbei. Es waren Lastwagen und Plastikplanen zu erkennen. Von ein paar Details abgesehen – die erloschene Neonschrift, die alten Flyer in der Bordsteinrinne –, erinnerte nichts mehr an einen Nachtclub. Es hätte sich um eine Sporthalle oder ein altes Lager handeln können. Alle waren gegangen, ich wusste nicht, wohin. Mich hatte man auf dem Parkplatz vergessen.

Auch im Bodymax kam ich mir untätig vor. Es gab keinen Grund mehr, auf die Uhr zu schauen, nichts mehr zu erwarten. Die Dringlichkeit, jemanden kennenzulernen, löste sich in der Langsamkeit und Belanglosigkeit der Tage ohne Abende auf, der Arbeit ohne Belohnung. Hier redete keiner mit mir. Die Kunden brauchten mich seit der Digitalisierung der Abos und der Installation der Coaching-Bildschirme nicht mehr. Meine Aufgabe bestand darin, den Empfang zu besetzen, aufzuräumen und die Pflanzen zu gießen.

Es gab da einen Mann, etwa in meinem Alter, recht füllig, der T-Shirts mit lustigen Sprüchen trug, ein Premium-Abo hatte und jeden Mittag kam, um ohne sichtbaren Fortschritt das Laufband zu benutzen. Ich sah ihn jedes Mal sein Handy auf die Ablage vor sich legen und auf einer Seite herumtippen, die mir bekannt vorkam. Alicia hatte mir davon erzählt, es war eine neue Dating-App, eine Art moderneres Meetic, die inzwischen viele benutzten. Ihrer Meinung nach würden sich am Ende alle darüber begegnen. Man würde sich nicht mehr wie zuvor ansprechen müssen. Mich erschreckte diese Vorstellung. Aber in diesem Augenblick, da ich sehen konnte, wie sich der Kunde auf dem Laufband durch die Gesichter wischte, beschloss ich, es zu versuchen. Nur den Juli über. Das oder drei Wochen Isolation.

Im Schutz des Tresens erstellte ich also ein Tinder-Profil. Zuerst musste ich Fotos von mir auswählen. Ich suchte drei aus: ein öffentliches aus dem La Plage, eines mit nacktem Oberkörper vor dem Badezimmerspiegel, ein älteres, schlichtes, das meine Mutter an einem Weihnachtsabend aufgenommen hatte, zurechtgeschnitten, ohne die Familie. Man konnte sich mit einem Text vorstellen. Ich schrieb: *Freizeit-Clubber.* Profile von Frauen aus meinem Umkreis tauchten auf meinem Bildschirm auf, mit Namen, Alter und der Distanz zwischen uns, ein paar Kilometer, manchmal weniger. Ich musste sie nach links wischen oder nach rechts, je nachdem, ob sie mir gefielen oder nicht; wenn ich auch gefiel, wurde ein privates Gespräch möglich. Es war so fern der Wirklichkeit. Es gab keine Blicke, keine Bewegungen, keine Gerüche. Die starren Gesichter glichen sich alle. Es kam mir so vor, als würde ich durch einen Möbelkatalog blättern, ohne eine Vorstellung der Stilrichtung zu haben, die ich suchte. Wenn ich mit jemandem matchte, hatte ich Schwierigkeiten, ein Gespräch zu beginnen. *Hallo, wie gehts?* Meine ersten Versuche verliefen nach ein paar Nachrichten im Sand. Und dann erhielt ich von einer gewissen Isabelle, siebenunddreißig, in zwei Kilometern Entfernung, ohne Vorstellungstext, ein einziges Foto mit weißem Hintergrund, wie ein Passfoto. Ihr Gesicht war schön, aber sehr streng, ihr Haar zusammengebunden. Sie schrieb:

Hallo, deine Fotos gefallen mir.

Ich überlegte mir eine Antwort, die nicht zu banal war.

Danke. Ich wusste nicht, was ich nehmen sollte, ich bin erst seit Kurzem auf Tinder.

Willkommen in den Untiefen. Wonach suchst du hier?

Ich weiß nicht … Begegnungen. Und du?

Ich auch. Wollen wir uns vielleicht persönlich treffen? Ich unterhalte mich nicht gern schriftlich.

Ich stimmte zu und errötete dabei hinter meinem Tresen.

Wir verabredeten uns für den gleichen Abend im Rock'n Beer, einer Bar im Stadtzentrum. Geduscht, parfümiert und gut gekleidet traf ich eine Viertelstunde zu früh ein, um mich einzugewöhnen. Ich war seit meiner Jugendzeit nicht mehr an so einem Ort gewesen. Die Luft war so stickig, statisch. Kaum vierzig Leute, alle saßen, teilten sich Terrasse und Bar. Hinten spielten drei Männer elektronisches Dart, dessen Tonfolgen mehr Lärm machten als die Musik, Rock ohne Bässe. Ich ging zu einem Tisch, der etwas abseits stand. Bei den ersten Schritten überkam mich leichter Schwindel, wie wenn man auf eine kaputte Rolltreppe tritt – bei Musik und unter Menschen war ich es gewohnt, mich tanzend fortzubewegen. Als ich endlich saß, beobachtete ich die Leute. Sie hatten ihre Zigaretten und Handys vor sich liegen und unterhielten sich so ernsthaft, als wäre es drei Uhr nachmittags. Schon die kleinste Kontaktaufnahme schien schwierig. Es gab feste Gruppen, getrennte Tische, die Würfel waren gefallen. Meine Einsamkeit musste hier jedem ins Auge stechen. Um zu zeigen, dass ich auf jemanden wartete, schaute ich mehrere Male besorgt auf die Uhr.

Nach und nach stieg die Anspannung. Es war, als würde ich auf eine mündliche Prüfung warten. Das war nicht ganz falsch, ich bereitete mich darauf vor, mündlich mit einer Unbekannten Bekanntschaft zu machen, der ich reglos gegenübersitzen würde. Unsere Nachrichten hatten keine Themen ergeben, wir würden improvisieren müssen, sie aus der Luft greifen. Ich versuchte, ein paar Ideen aufzulisten, aber die Angst, sie zu vergessen, machte mich noch nervöser, also wartete ich, ohne weiter nachzudenken.

Isabelle – ja, sie war es – kam pünktlich. Sie sah aus wie auf dem Foto – insgesamt recht steif, groß und dünn –, trug eine dunkle Jacke über einem schwarzen Hemd, eine enge Jeans, Absätze. Sie blickte sich eilig um. Ich lächelte sie breit an. Sie kam zu mir. Wir begrüßten uns mit Wangenküsschen über den Tisch hinweg, sie nahm Platz, zog ihre Jacke aus, hängte ihre Tasche auf, legte ihr Handy vor sich, dann blieb ihr nichts mehr zu tun, und wir schauten uns an. Sie hatte Augenringe.

Um das Schweigen zu brechen, begann sie etwas mechanisch:

»Warst du schon einmal hier?«

»Nein, es ist das erste Mal. Sonst gehe ich ins La Plage, aber im Moment ist es geschlossen.«

»La Plage?«

Es gelang mir nicht, meine Überraschung zu verbergen.

»Na … das La Plage, der Nachtclub am Loire-Ufer.«

»Entschuldige, das kannte ich nicht. Ich gehe nie in Clubs. Du also schon?«

»Fünf Mal pro Woche.«

Nun war sie überrascht.

»Aber wie machst du das mit deiner Arbeit?«

»Ich stecke einen Kater gut weg. Alles eine Frage der Gewohnheit. Und meine Arbeit ist einfach. Ich stehe in einem Sportstudio am Empfang. Am frühen Nachmittag, wenn nichts los ist, kann ich kurz einnicken, ohne dass es jemand merkt.«

Ihr Gesicht zeigte kaum eine Reaktion, es fiel mir schwer, ihre Gefühle zu lesen. Im Moment schien es zwischen Unwohlsein und Neugier festzuhängen. Der Kellner kam, um unsere Bestellung aufzunehmen.

»Gin Tonic, bitte.«

»Und für mich einen Kaffee.«

»Mit Milch? Espresso?«

»Espresso.«

Ich fürchtete, sie bereits zu langweilen: kurz, schwarz, *ristretto* hatte sie bestellt, vielleicht, um so schnell wie möglich abzuhauen, da wir ja vorher was trinken mussten.

»Entschuldige, das ist nicht besonders gesellig, aber ich brauche etwas, um wach zu werden, ich bin von der Arbeit so erschöpft, im Moment falle ich schon um zehn Uhr vor Müdigkeit um.«

»Ah, ja, das ist früh … Um zehn gehe ich erst aus.«

Ein nervöses Lachen entfuhr ihr.

»Wo arbeitest du?«, fragte ich rasch.

»Ich bin in einem Tiefbauunternehmen für die PR zuständig.«

»Das klingt interessant.«

»Nein, nicht wirklich. Aber ich kann davon leben, und ich wüsste nicht, was ich sonst tun sollte. Das Problem ist, dass es meine ganze Zeit in Anspruch nimmt.«

»Gehst du nie aus?«

»Abgesehen von Tinder-Dates, nein.«

»Du solltest es versuchen, um dich zu entspannen … Vielleicht würde dich das auf der Arbeit sogar effizienter machen«, versuchte ich.

»Zum Beispiel in einen Nachtclub?«

Sie lächelte nun, blieb aber undurchschaubar. Ich spürte, wie ich rot anlief.

»Entschuldige, ich nerve dich damit.«

»Aber nein, überhaupt nicht, du scheinst wirklich dafür zu brennen, das gefällt mir, es ist mal was anderes. Erzähl mir mehr. Was gefällt dir an diesem Ort?«

Ich überlegte, noch nie hatte ich das in Worte fassen müssen. Sie wartete ruhig ab.

»Sagen wir … ich habe dort das Gefühl, dass alles möglich ist. Die Stimmung ist eine ganz andere als tagsüber. Die Leute sind zugänglicher, weniger gehetzt. Man kommt an sie heran. Es genügt, mit ihnen zu tanzen …«

»Und du bekommst nie genug davon? Ist es nicht jedes Mal das Gleiche?«

Ich schüttelte den Kopf und suchte nach Argumenten. Ich hätte von meiner täglichen Routine, meiner Langeweile auf der Arbeit und all den wiederkehrenden Gesten erzählen können, aufstehen, anziehen, die Schlüssel suchen und losgehen, nach Hause gehen und schlafen, all das automatisch, blind, so wie man durch ein vertrautes dunkles Zimmer geht, ohne sich zu stoßen. Aber ich ließ es sein, um die Stimmung nicht zu verderben.

»Ich … ich finde, dass die Nächte sich weniger ähneln als die Tage«, sagte ich schlicht.

Sie lächelte.

»Das klingt überzeugend. Da bekommt man fast Lust, hinzugehen. Das einzige Problem ist, dass ich nicht tanzen kann.«

»Ich könnte es dir beibringen«, bot ich spontan an.

Sofort bereute ich meine aufdringliche Art und wedelte zur Entschuldigung mit den Händen. Sie lachte, dieses Mal gelöster, fröhlicher.

»Du bist lustig.«

Sie betrachtete mich einen Augenblick lang schweigend. Ihr Gesicht hatte sich entspannt. Ihre braunen Augen wirkten klug. Ich fand sie hübsch. Sie trank ihren Espresso.

»Gehen wir?«

»Ähm, jetzt schon?«

»Ja, es gefällt mir hier nicht besonders.«

»In Ordnung … mir eigentlich auch nicht.«

Ich beeilte mich, meinen Gin Tonic auszutrinken. Er war zu süß, das Glas war schwer und lag nicht gut in der Hand. Isabelle bezahlte. Das kam mir gelegen, ich hatte mein Gehalt noch nicht bekommen. Aus Höflichkeit hatte ich dennoch mein Portemonnaie hervorgeholt, aber sie sagte, dafür würde ich ihr ja das Tanzen beibringen.

Draußen fragte sie mich:

»Worauf hast du Lust?«

Sie setzte eine vordergründig gleichgültige Miene auf, die ich bereits gut kannte und die man zur Schau trägt, wenn man nicht allein nach Hause will. Das wollte ich auch nicht, fürchtete aber plötzlich, dass sie nur an Sex interessiert war, mit mir schlafen und mich dann abschütteln würde, den armseligen Liebhaber für eine Nacht. Ich hatte aber im Gegenteil Lust, die erstaunliche Leichtigkeit unserer Begegnung jenseits meiner gewohnten Umgebung fortzusetzen, sie auszukosten, Dinge auszuprobieren, romantische Rendezvous, die ich mir immer als lange Spaziergänge entlang der Schaufenster in der Innenstadt vorstellte.

»Würdest du gern ins Kino gehen?«, schlug ich vor.

Sie wirkte überrascht.

»Ähm, ja … Damit habe ich nicht gerechnet.«

»Wir können auch etwas anderes machen, wenn es dir lieber ist.«

»Nein, entschuldige, ich bin dumm, das ist eine sehr gute Idee, das habe ich lange nicht gemacht, es ist mal was anderes.«

Sie lächelte mich an, und wir gingen zum Kino ein paar Straßen weiter. Ich war selbst schon eine Weile nicht mehr dort gewesen, sehr lange nicht, Jahre. Meine letzte Erinnerung stammte aus der Jugendzeit, mit Vincent und Freunden aus der Schule, ich erinnerte mich vor allem an den stillen Kampf um die Plätze in der Mitte der Gruppe, wie in der Kantine, ein Kampf, den ich jedes Mal verlor, sodass ich an das Ende der Reihe gedrängt wurde und den Hals recken musste, um während des Vorspanns am Gespräch teilzunehmen. Es erschien mir darüber hinaus absurd und fast beschämend, allein ins Kino zu gehen.

Wir entschieden uns für *Gravity*, den Film mit George Clooney im Weltall. Das Ambiente des Saals gefiel mir sehr, rot und schwarz, gemütlich, anonym. Wir setzten uns nach hinten. Es gelang mir während des Films nicht, mich zu konzentrieren. Als ich noch in der Schule war und mir vorstellte, eine Freundin zu haben, sah ich uns immer hier: Ich hatte den Arm über ihre Schulter gelegt, zwischen uns das Popcorn, unsere synchron ausgerichteten Gesichter ins Licht der Leinwand getaucht. Dieses Bild war klar und präzise wie eine echte Erinnerung, und doch erschien mir Isabelles Hand, die im Halbdunkel auf der Armlehne zwischen uns lag, vollkommen unerreichbar. Es waren nur ein paar Zentimeter, die mich von ihr trennten, aber sie bildeten einen Graben. Ich wusste, dass sie es auch wollte, ich spürte es, aber diese so kleine Geste war unmöglich. Mir fehlte der Elan. Also ließ ich meine Hand einfach sichtbar neben ihrer liegen. In der

Mitte des Films nahm sie sie, und ich rührte mich nicht mehr.

Beim Rausgehen schlug Isabelle mir vor, mit zu ihr zu kommen. Auf dem Weg fragte sie mich, was ich von dem Film halte. Ich hatte keine wirkliche Meinung, sagte nur »nicht schlecht«, ihr dagegen hatte er überhaupt nicht gefallen, und sie begann zu erklären, warum, mit Argumenten, die mich beeindruckten. Überzeugt stimmte ich ihr bei allem zu, schwenkte vollkommen um, was sie zum Lachen brachte.

»Ja, du bist wirklich lustig.«

»Entschuldige.«

»Hör auf, dich zu entschuldigen, das ist doch gut!«

Sie lebte im Süden der Stadt, in einem ruhigen Viertel, in einer großen, schlicht eingerichteten, sehr sauberen Wohnung ohne Persönlichkeit. Tatsächlich ähnelte sie meiner, war nur doppelt so groß und schicker. Während sie uns etwas zu trinken holte, streifte ich durchs Wohnzimmer, schaute mich mit jener schüchternen Neugier um, die mir angebracht erschien, wenn man so früh am Abend zu jemandem eingeladen wurde.

»Du kannst auf dem Computer Musik anmachen, wenn du möchtest, ich habe Spotify.«

»Was hörst du gern?«

»Ich höre nie Musik … Such also aus, was du möchtest.«

Ich dachte nach. Ich hatte mehrere Ideen, und jede löste eine Flut von Erinnerungen aus. Ich entschied mich für einen Song von Chris Brown, featuring Lil Wayne, *Loyal*, mit einem langsamen Tempo, zwischen Rap und Gesang, den ich für angemessen hielt. Bei den ersten Klängen schaute ich, wie Isabelle reagierte. Sie lächelte, auf den Küchentresen gestützt, wo sie eine Flasche Weißwein entkorkte. Ich ging zu ihr. Unwillkürlich tanzte ich ein bisschen.

»Ah, okay, du setzt mich unter Druck …«

Ich blieb stehen.

»Nein, mach weiter, ich mag das.«

Ich machte weiter, zuerst schüchtern, als wäre ich nackt, so ohne Menge, Spots oder Basswände. Doch als ich Isabelle ansah, verflog die Scham. Ich streckte die Hand nach ihr aus. Sie kam zu mir. Sie konnte wirklich nicht tanzen. Ihr Körper verspannte sich. Sie trat mir auf den Fuß, entschuldigte sich nervös.

»Es ist alles in Ordnung.«

Ich führte sie. Mein Herz schlug schnell. Auf einmal hatte ich das Gefühl, dass ich nur deshalb seit so vielen Jahren tanzte, um es ihr in diesem Wohnzimmer beizubringen, um sie an mich zu ziehen.

Als wir im Bett lagen, war sie so müde, dass sie

lieber nur schlafen wollte. Das war mir sehr recht. Ich gab trotzdem vor, enttäuscht zu sein, nur ein bisschen, damit sie nicht glaubte, ich würde sie nicht begehren. Doch ich begehrte vor allem ihre Nähe, eine Umarmung genügte mir.

»Ich bin froh, dich kennengelernt zu haben. Ich weiß nicht, wie es dir geht, aber ich bin hier ziemlich allein. Ich wurde vor einem Jahr versetzt, meine Freunde sind weit weg. Und die Typen, die ich über Tinder treffe, gefallen mir nicht. Sie sind sich zu ähnlich, sie reden nur über ihre Arbeit, das ist alles, was sie haben. Dich mag ich. Du scheinst anders zu sein.«

Sie schlief rasch ein. Ich konnte nicht, es war zu früh, kaum ein Uhr morgens. Also blieb ich lange wach im Dunkeln liegen, an sie geschmiegt, ihren warmen Atem an meiner Schulter.

Am nächsten Morgen stand sie um sieben Uhr auf. Noch im Halbschlaf hörte ich, wie sie sich fertig machte und Kaffee kochte. Sie setzte sich auf den Bettrand.

»Ich muss zur Arbeit. Aber bleib ruhig hier und schlaf aus, wenn du willst. Zieh beim Gehen einfach die Tür zu.«

Sie überlegte kurz und fragte dann:

»Sehen wir uns heute Abend wieder?«

»Einverstanden.«

Seitdem und ohne dass wir uns gegenseitig vorschlugen, »zusammenzukommen« oder etwas in der Art, was ich immer für nötig gehalten hatte, um ein Paar zu werden, schien mir, dass wir eins wurden, als hätte sich die Frage nie gestellt.

Unsere ersten drei Wochen liefen sehr gut. Ich ging zu Isabelle, sobald sie von der Arbeit zurück war. Mein Arbeitstag endete früher, also wartete ich bei mir zu Hause ab, wo ich nichts Bestimmtes tat, ein paar Liegestütze, Crunches, ein bisschen Tanzen auf dem Teppich, als würde ich mich auf einen Abend im La Plage vorbereiten, dessen Fehlen mich im Übrigen nicht mehr belastete. Ich dachte ohne Kummer daran, fühlte nur eine gelassene Vorfreude bei dem Gedanken, Isabelle nach der Wiedereröffnung dorthin mitzunehmen. Abends traf ich sie also in ihrer Wohnung, wo sie sich, ohne die Jacke auszuziehen, erschöpft aufs Sofa fallen ließ. Ich setzte mich neben sie, in Hochform – mein Tag begann erst. Sie erzählte mir von ihrem, beschwerte sich über ihre Kollegen und ihren Chef. Ich konnte kaum etwas Tröstliches erwidern, also begnügte ich mich damit, ihr bei allem zuzustimmen. Wenn ich an der Reihe war, dauerte es nie lange, weil ich nichts zu erzählen hatte. Meine Tage drehten sich um Isabelle. Es gefiel mir besser, ihr zuzuhören und dann ganz einfache Dinge zu tun: Fernsehschauen, in den Supermarkt gehen, kochen, jeden Abend verbringen, als wäre es Sonntag, und am Sonntag ein bisschen im Viertel spazieren gehen. Ich fühlte mich wohl. Ich glaubte, mein Ziel erreicht zu haben. Ich war so zufrieden, dass ich nicht darüber hinausdachte. Weit weg war der Gedanke, sie meinen Eltern vorzustellen, weit weg der Wunsch nach Reisen und Familie, weit weg die großen Single-Träume – nicht allein zu sein, genügte mir.

Und dann kam der große Augenblick: Das La Plage öffnete wieder. An dem Abend machten wir uns gemeinsam bei mir fertig. Ich fühlte eine nie gekannte Freude, und das lag nicht nur an der Vorstellung, Isabelle den Club zu zeigen: Zum ersten Mal ging ich dorthin, ohne nach etwas zu suchen, nur um das zu genießen, was ich bereits hatte. So muss sich ein Sportler vor einem Spiel fühlen, wenn er bereits für das nächste qualifiziert ist. Isabelle duschte zuerst, in der Zwischenzeit legte ich *Happy* von Pharrell Williams auf, den Song des Jahres, und tanzte im Wohnzimmer. Nachdem ich geduscht hatte, küsste ich sie, und wir schliefen miteinander, noch nass, die Welt konnte warten. Ich achtete darauf, mich nicht mit meinen ordentlich frisierten Haaren auf das Laken zu legen. Während wir uns wieder anzogen, entstand eine entspannte Atmosphäre im Zimmer – es war getan, wir waren befriedigt, hatten es auf gewisse Weise erledigt, nun war die ganze Nacht allein fürs Partymachen und Tanzen da.

Den Weg kannte ich auswendig, die Abfolge der Kurven und den Rhythmus der Ampeln, ich hätte ihn mit geschlossenen Augen gehen können, nur dem Geräusch der Autos und dem Geruch der Bäume folgend, doch zusammen mit Isabelle schien es mir, als hätte ich – eilig, den Kopf gesenkt – nie wirklich hingeschaut; nun war alles hübsch, die Passanten, die Ladenschilder, die rosafarbene Sonne über den Dächern, alles lächelte und begleitete uns zum La Plage, die kühle Brise im Rücken. Mit jedem Schritt sortierte sich die Menschenmenge; als wir zum Ufer kamen, war klar, dass alle dasselbe Ziel hatten. Dort begann der Abend, im gemeinsamen Ansturm auf den Club, mit dieser geteilten Freude in den Gesichtern der Fremden.

Als wir die Brücke überquert hatten, bemerkte ich, dass wir die Blicke auf uns zogen, wir waren schön – sie in einem Cos-Kleid in gebrochenem Weiß, ich mit meinem schwarzen T-Shirt mit V-Ausschnitt von Uniqlo und meiner Levi's 501. Wir gingen zum Eingang. Viele waren zur Wiedereröffnung gekommen, das Geschäft ging gut wieder los, und ich freute mich darüber, als wäre ich der Besitzer. In der Schlange stellte mir Isabelle Fragen zur Musik im Club, zu meinen bevorzugten Drinks, den besten Spots zum Tanzen … Ich hatte auf alles eine Antwort. Plötzlich liebte ich es zu reden. Ich hätte es stundenlang tun können. Sie schien darüber erfreut.

Am Eingang stand Balu, einer meiner liebsten Türsteher, eine Naturgewalt. Einmal hatte ich gesehen, wie er einen zu aggressiven Gast mit seinem Bauch weggeschubst hatte. Ich weiß nicht, was über mich kam, aber ich umarmte ihn wie einen alten Freund. Er schien verlegen, klopfte mir aber auf die Schulter. Ich stellte ihm Isabelle vor. Ich wollte, dass sie alle meine Bekannten kennenlernte, sogar die mir Unbekannten, damit sie Bescheid wussten, damit alle begriffen, wie glücklich wir waren.

Macklemore & Ryan Lewis – *Thrift Shop*

Die drei Wochen Schließung hatten dazu gedient, eine runde Empore zu bauen, mit einem perfekten Blick auf die Tanzfläche. Es sah wundervoll aus, sogar ergreifend, wie eine große Kirche.

»Also, was denkst du?«, fragte ich Isabelle stolz.

Ihr Gesicht war hier, in diesem Licht, noch viel schöner. Sie schaute lächelnd auf die Tanzfläche. Dann brach sie in Lachen aus. Ich bekam Angst.

»Was, gefällt es dir nicht?«

»Doch, ich liebe es! Es ist nur komisch, hier zu sein. Ich komme mir vor wie achtzehn!«

»Warum achtzehn?«

»Nein, ich meine, es ist so lange her, dass ich in einem Club war!«

Sie küsste mich.

»Also, womit fangen wir an?«

»Ich stelle dir die beste Barkeeperin der Welt vor!«

Ich nahm sie bei der Hand und schwebte durch die Menge. Auf dem Weg posierten wir für einen Soon-Night-Fotografen. Ich hatte immer davon geträumt, das mit meiner Freundin zu tun. Sie legte mir schüchtern eine Hand auf die Schulter, und ich hielt sie an der Taille, mit hochgestrecktem Daumen.

»Lächeln!«

Alicia stand wie immer an ihrem Platz hinter der Bar, unverändert, durch nichts zu erschüttern. Auch sie hatte mir gefehlt. Ich nahm sie über den Tresen hinweg in den Arm.

»Alicia, Isabelle, Isabelle, Alicia!«

Sie hielt ihr zur Begrüßung die Faust hin und zwinkerte mir dann unauffällig zu, wie um zu sagen: »Die lasse ich durchgehen.« Ich war absolut entspannt. Isabelle, Alicia, der ganze Club, ich verspürte ein tiefes Vertrauen, ich war in meinem Element.

»Machst du uns zwei Gin Tonic?«

»Die gehen aufs Haus!«

Wir saßen uns auf den Barhockern gegenüber und stießen miteinander an.

»Auf das La Plage!«, rief ich spontan.

»Und auf uns!«, erwiderte Isabelle.

»Ja, natürlich auf uns!«

Der Cocktail war ausgezeichnet, perfekt gemischt. Isabelle trank ihr Glas rasch leer und bestellte ein neues. Ich war beeindruckt. Wir tranken und beobachteten die Tanzfläche, ich begann, die Tanzenden zu analysieren, die guten und schlechten, die Champions, die Verklemmten, die Betrunkenen, die Zugedröhnten, die Schwerfälligen, die Einsamen. Ich wippte mit dem Fuß. Es juckte mich. Drei Wochen ohne. Das war ein Rekord. Sicher war das wie Fahrradfahren. Sie bemerkte, wie ich ungeduldig wurde.

»Wollen wir? Ich bin ein bisschen betrunken, das passt gut.«

Pharrell Williams – *Happy*

Mit Isabelle zu tanzen, war das Intensivste und Natürlichste, was ich je erlebt hatte. Technisch war sie nicht auf der Höhe, aber das würde noch kommen, dachte ich. Das Wichtigste war da. Ich konnte ihr auf der Tanzfläche alles geben: Worte, Berührungen, alles, was mir sonst oft misslang, war hier nun richtig, verwandelt in Bewegungen. Es gab keine Diskrepanz zwischen dem, was in meinem Herzen geschah, und dem, was mein Körper ausdrückte. Ich war ich selbst. Und ich hätte es mit Freude hingenommen, wenn das Leben so stehen geblieben wäre.

Irgendwann sagte sie mir ins Ohr:

»Ich werde langsam müde, ich würde gern bald nach Hause!«

»Ach, schon?«

»Ja, es ist fast drei!«

Ich hatte nicht gemerkt, wie schnell die Zeit vergangen war.

»Können wir bitte noch ein bisschen bleiben?!«

»Ja, wenn du willst, aber lass uns kurz sitzen, meine Beine tun höllisch weh!«

Ich stimmte einer Pause auf der Empore zu. Dort oben war die Stimmung angenehm, wenn auch recht ruhig – Tische, eine kleine Bar, allgemeine Trägheit. Ich nahm noch einen Gin Tonic, Isabelle ein Glas Wasser. Unser Tisch grenzte an die Brüstung, und ich konnte nicht anders, als auf die Tanzfläche unter uns zu blicken. Ein wenig so, als würde ich auf mein Handy schauen. Sie berührte mich am Arm.

»Weißt du, beim Tanzen habe ich mir überlegt, dass wir nächstes Wochenende etwas unternehmen könnten. Wenn ich den Montag freimache, hätten wir drei Tage … Was hältst du von Lissabon? Wir könnten ein Airbnb mieten. Ich habe dort Freunde, die uns die weniger touristischen Ecken der Stadt zeigen könnten. Das wäre doch super, oder?«

Überrumpelt gab ich nur ein gepresstes Lachen von mir. Ich verließ die Stadt nie, außer um Weihnachten bei meinem Bruder und Audrey in Rennes zu feiern. Die Vorstellung von mir in Lissabon weckte auf brutale Weise alte Ängste, die Erinnerung an Schulausflüge, Campingurlaub, Orientierungsverlust, endlose Tage in der Sonne. Mir wurde schwindelig. Ich war nicht bereit, meine Gewohnheiten aufzugeben.

»Ist … ist Lissabon nicht ein bisschen teuer?«

»Nicht besonders, das regeln wir unter uns, wenn es für dich schwierig ist, stört mich das nicht.«

Ich musste ein Gesicht machen, als hätte ich Verstopfung, oder als könnte ich meine Enttäuschung über ein Geschenk nicht verbergen. Ich schaute weiter nervös auf die Tanzfläche. Sie schnippte mit den Fingern, um meine Aufmerksamkeit auf sich zu ziehen.

»Wenn du nicht nach Lissabon willst, können wir woandershin, ich weiß nicht, Barcelona, Neapel, oder auch in Frankreich bleiben, Marseille, egal, Hauptsache, wir unternehmen irgendetwas!«

Sie sagte *irgendetwas*, als wäre bis dahin nichts geschehen.

»Aber wir unternehmen doch etwas, oder?«

»Ich meine, etwas Richtiges, weg vom Alltäglichen, damit wir uns besser kennenlernen, für mich ist das selbstverständlich.«

Ich begann, mich unwohl zu fühlen, ihre Stimme hatte sich verändert, sie klang angespannt, aber es lag vielleicht nur am Alkohol. Spontan versuchte ich es mit einem Gegenvorschlag:

»Auf dem Tresen habe ich Flyer gesehen, nächsten Freitag ist hier eine Neunziger-Jahre-Party, das könnte gut werden, oder?«

Ich bereute es sofort. Sie fasste sich an die Stirn, als würde ich ihr Kopfschmerzen bereiten.

»Hör zu, es war sehr nett heute Abend, aber ich verbringe bestimmt nicht alle meine Wochenenden hier, und auch nicht meinen Urlaub. Man könnte meinen, du hast auf nichts anderes Lust, das macht mir ein bisschen Angst ... Wenn ich recht überlege, weiß ich fast nichts von dir, das ist nicht normal.«

Auf einmal schrumpften die drei gemeinsamen Wochen in meiner Erinnerung in sich zusammen, bereiteten mir Scham. Sie legte erst richtig los, als hätte sie entschieden zu sagen, was sie seit Langem dachte:

»Was erwartest du von einer Beziehung? Du musst es mir sagen.«

»Ich weiß nicht … Schwer zu sagen … Ich finde es gut so …«

»Du gibst dich damit zufrieden?«

Ich traute mich nicht, Ja zu sagen, das hätte ihr nicht gefallen, und doch war ich davon überzeugt, es war so einfach – ja, das war mir genug, ich war glücklich, ich erwartete nicht mehr, als bei ihr zu sein, ganz nah, an sie geschmiegt, ohne mich zu bewegen oder zu reden … Langsam und mit gesenktem Kopf ging ich zu ihr, um sie in die Arme zu nehmen, aber sie wich aus.

»Wir sollten das wohl besser beenden.«

»Ich bin mit Lissabon einverstanden!«, rief ich panisch.

Mein Herz schlug mir bis zum Hals, ich schaute ihr in die Augen, und über ihr Gesicht legte sich unscharf das Bild einer fremden Stadt, der Himmel, breite, volle Straßen, alles, was ich bereit war anzugehen, nur um weiter mit ihr zusammen zu sein.

Aber sie wirkte noch trauriger.

»Arthur, das ist nicht schlimm. Ich hätte es mir vorher eingestehen sollen. Anfangs dachte ich, es ginge, ich fand dich anders … Aber es kann nicht funktionieren. Wir leben nicht auf dem gleichen Planeten. Wir würden uns wehtun. Es tut mir leid.«

Sie hatte recht. Es war so offensichtlich, dass es mich erdrückte. Meine Gedanken drifteten auf schmerzliche Weise zu dem Foto von uns auf der Tanzfläche, das am nächsten Tag im Internet veröffentlicht werden würde. Ich rührte mich nicht, war wie betäubt und den Tränen nahe.

»Ich gehe jetzt.«

Als sie aufstand, wirkte sie müde. Sie schien mit ihrer plötzlichen Unfähigkeit zu kämpfen, berührt zu sein, Empathie für mich zu empfinden. Es war nicht mehr ihre Angelegenheit. Sie ging.

Ich schaute ihr nach, wie sie auf der Treppe verschwand. Ich beugte mich über die Brüstung und versuchte, sie unten auszumachen, aber sie ging wohl an der Wand entlang. Ich sah nur noch die Menge. Ich wusste, was mir zu tun blieb. Ich hatte es bereits getan. In sie eintauchen, darin ertrinken wie in einem brodelnden Bad, alles auflösen, bis von dieser Geschichte nichts mehr existierte, weder der Kummer noch die Liebe.

ANGE

2017

Eines Nachts tanzte ich lange mit einer beeindruckenden Frau, die Leggins und ein weites Sweatshirt trug, ihr Gesicht war konzentriert, ihr ganzer Körper verrenkte sich – als machte sie Breakdance –, mal richtete sie sich auf, mal bewegte sie sich fast am Boden und zwang mich, meine Komfortzone zu verlassen. Mein Herz hämmerte vor Freude und Anstrengung. Schließlich wurde sie langsamer, legte ihre Hände an meinen Hals, küsste mich. Ich ließ mich führen, mit geschlossenen Augen an sie gedrängt. Es lief so gut wie nie. Dann rief sie mir ins Ohr, während sie mich zugleich mit ihrer Stimme bekannt machte:

»Gehen wir raus?!«

Ich schaute auf mein Handy: Viertel vor drei, das war akzeptabel.

»Okay!«

Sie nahm meine Hand, und ich folgte ihr zum Ausgang.

Sie fragte mich:

»Gehen wir zu dir oder zu mir?!«

»Ähm, ich weiß nicht, zu dir?!«

»Okay! Wie heißt du eigentlich?!«

»Arthur, und du?!«

»Mélissa!«

Sie lächelte mich an und öffnete die Tür zur Schleuse. Da überkam mich leichter Schwindel, eine Art Déjà-vu. Ja, ich wusste, wie es weiterging, ich kannte jeden einzelnen Schritt: Garderobe, Parkplatz, der Weg zu Fuß oder im Taxi, eine unbekannte Wohnung, ein letzter Drink, Sex und gleich danach die Angst vor dem nächsten Morgen, die Scham darüber, was ich am helllichten Tag war. Seit meiner Trennung von Isabelle vor etwa drei Jahren erlebte ich einen Fehlschlag nach dem anderen, immer waren es kurze Geschichten für eine Nacht, zwei Nächte, manchmal länger, immer anstrengend, flüchtige Vorstellungen eines gemeinsamen Lebens, denen draußen die Luft ausging wie einem an Land geworfenen Fisch. Außerhalb des Clubs gelang mir nichts. Ich bemühte mich, meine Rolle zu spielen, und hangelte mich von einer Enttäuschung zur nächsten. Und jedes Mal fühlte ich eine größere Mattigkeit und die Lust, aufzugeben. Plötzlich erschien mir dieses Mal das eine Mal zu viel. Wozu mir selbst wehtun? Genauso gut konnte ich weitertanzen, die Nacht bis zum Ende auskosten.

»Ich glaube, ich bleibe lieber hier.«

»Was?«

Sie starrte mich verständnislos an.

»Du wirkst gestresst … Ist es, weil du vergeben bist? Wenn es dich beruhigt, ich habe auch jemanden.«

»Das ist es nicht … Du wärst enttäuscht von mir.«

»Machst du Witze, hast du gesehen, wie wir auf der Tanzfläche harmonieren? Los, komm!«

Sie nahm wieder meine Hand. In ihren Augen lag eine Mischung aus Begehren und Traurigkeit, die mir die Kehle zuschnürte. Kurz stellte ich mir ihr Leben vor, ihre Einsamkeit in Reichweite der meinen, und die Geschichte, die uns erwartete. Beinahe hätte ich eingewilligt, es noch einmal versucht, aber etwas in mir hielt mich ab – nein, ich wollte nicht mehr, ich hatte zu große Angst, ich konnte den Gedanken, mich an sie zu binden, sie zu enttäuschen und zu verlieren, nicht ertragen. Um ihr zu folgen und daran zu glauben, hätte ich eine Art Tunnel unterhalb des La Plage gebraucht, eine Verlängerung, wo man weiter in der Menge zur Musik tanzte, eine lange Dekompressionsschleuse, sehr lang, vielleicht unendlich.

»Es tut mir leid.«

Ihr Gesicht verschloss sich.

»Du bist merkwürdig. Du hättest mich zumindest

warnen können. Dann hätte ich nicht drei Stunden umsonst getanzt.«

Sie ging wieder hinein, zurück an die Arbeit, nach vorne gebeugt, um die Menge zu durchsuchen. Ich fühlte mich schuldig, wartete ein paar Minuten und kehrte dann auch um.

Um durchzuatmen, ging ich an die Bar. Als Alicia mich kommen sah, schob sie mir ein Glas Wasser zu. Ich hatte aufgehört zu trinken und auch zu rauchen. Verkatert zur Arbeit zu gehen, war unerträglich geworden.

»Ich dachte, du seist mit der Tussi in Leggins mitgegangen!«

»Am Ende doch nicht!«

»Hat sie dir nicht gefallen?«

»Doch … sehr … Aber, ich weiß nicht, ich wollte lieber hierbleiben!«

»Die Arme, du hast sie ganz schön heiß gemacht …«

Ich erwiderte ihr Lächeln, aber ich war traurig. Ich dachte an Mélissa und die anderen. Im Grunde träumten alle davon, diesen Ort zu verlassen. Der Club war nur ein Durchgangsort, ihr Jagdrevier. Es genügte ein Blick, um das zu begreifen. Den meisten war das Tanzen egal, das sah man an ihren Augen, ihren gedrängten Körpern; sie dachten nur daran, jemanden zu finden und mit ihm abzuhauen.

In ihrem dringenden Bedürfnis nach Befriedigung genossen sie nichts, hakten die Party schnell ab, um zum Wesentlichen, dem Sex zu kommen und sich ihrer Begierde zu entledigen. Am liebsten hätte ich sie aufgehalten, damit die Nacht nie endete, eine Art Lava oder Nebel sollte den Club umgeben und uns alle zwingen, hier unser Leben zu verbringen, hier zu schlafen, hier zu bleiben. Ich dachte an die Rave-Partys, an die großen Techno-Partys, die ich mir manchmal auf YouTube anschaute, Tausende Körper den Bässen zugewandt, in Trance, ohne Eile oder Pläne, nur von der Freude gehalten, dort zu sein. Ich fragte mich, ob ich dort nicht besser aufgehoben wäre als hier. Aber ich mochte das La Plage zu sehr. Ich verzieh ihm seine Fehler, wie einem alten Freund.

Als ich nach einer neuen Partnerin Ausschau hielt, konnte ich keine besonders gute Tänzerin ausmachen. Das war an den ersten Abenden der Woche oft das Problem. Montags, dienstags und mittwochs kamen deutlich weniger Leute, zudem mit weniger Energie, sodass das allgemeine Niveau darunter litt. Erst am Donnerstag glühte die Tanzfläche. Doch irgendwann konnte ich eine auffällige Ansammlung in der Mitte erkennen: Um einen jungen Mann mit Sonnenbrille hatte sich ein Kreis gebildet; er war bestimmt fast vierzig, groß und kräftig, der Körper eines Sportlers, der seinen Zenit überschritten hatte, allmählich eingeholt vom Alter – Bauchansatz, eingefallene Brustmuskeln, fortschreitender Haarausfall, der mit einer Komplettrasur des Schädels vertuscht wurde –, doch er tanzte wie ein Profi, präzise, abgehackte Moves à la Michael Jackson, fantastisch, neuartig, reiner Tanz. Ich wandte mich zu Alicia um.

»Weißt du, wer der Typ mit der Brille dahinten ist?«

»Nein, das ist ein Neuer! Er ist gut, hm? Ich wette, du hast Lust, mit ihm zu tanzen!«

Ich tat gleichgültig. Ich war eingeschüchtert. Männer ließen sich nicht antanzen. Ich hatte es ein paar Mal versucht, wurde aber mit einer Art erschrockenem Ekel abgewiesen. Nichts zu machen. Man tanzte hier nicht unter Männern. Und nur selten unter Frauen; ich sah sie manchmal einen kurzen Augenblick zusammen, aber jedes Mal lachten sie und kehrten zu den Männern zurück, mit wissender Miene, als wäre das nur logisch. Es war eine allgemeine Verschwendung, ein Fehlen von Neugier. Jeder verzichtete auf die Hälfte der möglichen Tanzpartner. Manchmal fand ich die Leute ein bisschen zu engstirnig.

»Na los, das sieht doch jeder, dass es dich juckt! Geh schon! Macht ein Battle! Ihr seid die Besten im

Club! Ich will das sehen! Ich kenne dich, du wirst es bereuen, wenn du es nicht versuchst!«

Ich stand auf. Egal, ob er mich abwies, sie hatte recht, es reizte mich, es reizte mich, mit der ganzen Welt zu tanzen.

Luis Fonsi – *Despacito*

Rhythmisch bewegte ich mich auf die Mitte zu, durchdrang den Kreis um den Mann und begann, vor ihm zu tanzen. Zu meiner Überraschung empfing er mich ohne Feindseligkeit, fing sogar an, sich fingerschnipsend zu drehen, vollkommen begeistert. Der Kreis schloss sich um uns. Die Leute schrien »Battle!«, und ich gab alles, glühte von den Haarspitzen bis zu den Zehen, wie ein langes Stück Draht. Ich kannte seine Moves nicht, er kannte meine nicht, und unsere gemeinsamen Bemühungen, uns zu verstehen, schufen eine Art flüssigen Zement, der bald auch die anderen überzog; von unserem Rhythmus erfasst, kamen alle zusammen, um einen einzigen großen Körper zu bilden, und einige Minuten lang schien es mir so, als hielte ich den ganzen Club in den Armen, als erlebte ich einen Orgasmus in seiner intensivsten Form.

Und dann endete der Song, es folgte ein ruhigeres Tempo. Alle brachen gleichzeitig in Jubel aus, applaudierten uns. Der Mann verneigte sich und deutete auf mich, als hätten wir gemeinsam ein

Theaterstück aufgeführt. Ich verneigte mich ebenfalls, mit gerötetem Gesicht, strahlend. Er beugte sich zu mir.

»Ich heiße Ange, und du?!«

Er roch nach chemischem Mundwasser.

»Arthur!«

»Sehr erfreut, Arthur!«

»Sehr erfreut!«

Sehr erfreut, das war ich wirklich, es war bestimmt das erste Mal, dass ich diesen Ausdruck nicht übertrieben fand. Eine Frau wollte uns fotografieren. Ange legte einen Arm auf meine Schultern und zielte mit Revolver-Händen auf die Kamera. Stolz warf ich mich mit ihm in Pose. Ich strahlte. Und machte bestimmt das gleiche Gesicht wie früher auf Klassenfotos, wenn es mir gelungen war, mich neben die beliebtesten Jungs zu stellen, auch wenn sie nicht meine Freunde waren. Ange könnte einer werden. Ein Gegenpart, ein Tanzpartner für diese Nacht und vielleicht weitere. Mehr erwartete ich nicht.

Meine Träumereien endeten brüsk, als Ange angerempelt wurde. Sie buhten ihn auf einmal aus. Etwas musste vorgefallen sein. Die gute Stimmung war dahin. Er tanzte nicht mehr. Wegen der Sonnenbrille konnte man seinen Gesichtsausdruck nicht recht deuten. Er zeigte den Leuten den Mittelfinger und beschleunigte den Rückzug. Ich hatte keine Zeit, zu reagieren – als er an mir vorbeiging, packte er mich am Arm, als wäre ich ein Kind.

»Ich gebe dir einen aus, Kamerad! Wir müssen reden.«

Überrumpelt ließ ich mich mitziehen. Er führte mich über die Tanzfläche und die Treppe hoch auf die Empore, wo er auf einen Tisch zeigte.

»Setz dich, ich bestelle. Was trinkst du?«

»Ich trinke nicht«, stotterte ich.

»Ah, okay, du bist Purist, das gefällt mir. Ich hole mir einen Whisky, das geht auf die Leber, aber man lebt nur einmal, oder?«

Er schoss auf die kleine Bar zu. Ich atmete durch, schaute mich um. Seit der Trennung von Isabelle war ich nicht mehr auf der Empore gewesen. Ich erinnerte mich an die Details, den Tisch, an dem wir saßen, das Licht, die Lautstärke. Die ganze Ebene war von dieser Erinnerung beschmutzt, ich ertrug sie nicht. Ich wäre gleich wieder runtergegangen, wenn Ange nicht gewesen wäre. Seine Wut hatte ich nicht verstanden, aber mir gemerkt, dass er mich *Kamerad* genannt hatte. *Wir müssen reden, Kamerad.* Vielleicht wollte er mir etwas vorschlagen, ich hoffte es, ein zweites Battle, oder sogar mehr.

Er kam mit seinem Whisky zurück.

»Also, machst du dir bei Frauen auch in die Hose?«

Aus dem Takt gebracht, wusste ich nicht, was ich antworten sollte.

»Ich habe dich tanzen sehen, es ist so unfair, du hast es drauf, das sieht man, und doch traust du dich nicht ran … Man könnte meinen, du hast die Lust verloren. Bei mir ist es das Gleiche. Wir sitzen im selben Boot. Es ist nicht mehr möglich, normal zu flirten. Hast du gesehen? Einmal den Arsch angefasst, und alle flippen aus. Das ist doch nicht so schlimm, ein Klaps auf den Arsch, oder?«

Ich war nicht einmal beleidigt, ich war enttäuscht und ein bisschen abgestoßen. Ange erwartete eine Antwort, schniefte, fuhr sich mit dem Daumen unter der Nase entlang, die sicher voller Koks war. Um ihn nicht zu verärgern, zuckte ich mit den Schultern. Er nickte ernst.

»Kommst du klar?«

»Ähm, ja, schon.«

»Lässt du dich nicht zu sehr runterziehen?«

»Ähm … Nein.«

»Du hast recht, man muss gegen die Depression kämpfen … Ich schwöre dir … eine traurige Zeit … traurige Zeit.«

Was auch immer ich sagte, er schien davon auszugehen, dass ich ihm zustimmte, und sein Leid teilte. Sein *Kamerad* bezog sich auf den Zusammenhalt frustrierter Männer, das Tanzen war ihm egal. Während er seinen Whisky trank, schaute er sich um, mit einem bitteren Zug um den Mund, und die Art, wie er zu mir gebeugt den Kopf schüttelte, zog mich in seine Stimmung hinein, als spräche er für uns beide, als würde ich genauso denken. Er nahm seine Brille ab, um sie zu putzen. Seine kleinen, trüben Augen überraschten mich, sie ließen ihn müde wirken.

»Weißt du … Manchmal denke ich, dass wir einfach zu alt sind, dass wir *Has-Beens* sind, dass es ein Generationenproblem ist. Wie alt bist du?«

»Siebenunddreißig.«

»Genau, das ist hier schon alt. Ich bin vierzig, also kannst du dir vorstellen … Wir gehören zum alten Eisen, verdammt. Und es ist überall das Gleiche, das muss man wissen, ich komme gerade von einer Reise zurück, ich war überall in Europa feiern: im Razzmatazz, Berghain, Egg, Privilege … Überall die gleichen Probleme, der gleiche Puritanismus. Also sollte man am besten einfach aufgeben. Es sein lassen. Aufhören zu flirten und sich bloßzustellen, einfach alles hinter sich lassen.«

Bei seinen letzten Worten nickte ich, in der Hoffnung, dass er mir anbot, einfach wieder tanzen zu gehen, dass er wieder zum Engel der Tanzfläche wurde. Er beugte sich feierlich zu mir:

»Kamerad, ich schlage dir vor, dass wir ein Team bilden.«

»Klar, in Ordnung. Ich … ich bin sicher, dass wir die Besten im Club sind.«

»Das denke ich auch …«

»Gehen wir also zurück?«, schlug ich motiviert vor.

»Nicht sofort … Zuerst …«

Er kramte in seiner Hosentasche und holte ein kleines Fläschchen mit durchsichtiger Flüssigkeit hervor, das er mir unauffällig zeigte.

»Weißt du, was das ist?«

Ich schüttelte den Kopf, auf einmal nervös.

»Das schüttet man den Frauen ins Glas, als letzten Ausweg. Dadurch werden sie toleranter, wenn du weißt, was ich meine. Am besten macht man das zu zweit. Du und ich.«

Ich geriet in Panik. Das war es also, was sie GHB nannten. Alicia hatte mir irgendwann erzählt, dass deswegen schreckliche Dinge geschahen. Eine Art höheres Pflichtbewusstsein erwachte in mir und fegte alles andere hinweg, ein hartnäckiger Rest an Gemeinsinn, an moralischem Empfinden.

»In Ordnung«, sagte ich, »aber zuerst gehe ich auf die Toilette«, und fügte hinzu, »um zu pissen.«

Er starrte mich an. Ich bekam Angst, dass er mich hinter seinen Brillengläsern verdächtigte.

»Okay. Beeil dich. Ich warte hier.«

Ich ging die Treppe runter, ohne einen Blick

zurück zu wagen. Ich fühlte mich schmutzig und beinahe schuldig. Nein, er hatte keinen Verdacht geschöpft, er wartete gelassen, als ob ich nicht im Geringsten missbilligen könnte, was er vorhatte, oder ihn verraten, als wären wir identisch. Als ich aus seinem Blickfeld verschwunden war, ging ich direkt zur Bar. Mein Mund war trocken, ich schwitzte. Bei Alicia angekommen, sagte ich ohne Umschweife:

»Der Typ mit der Sonnenbrille will K.-o.-Tropfen einsetzen.«

Bevor sie reagieren konnte, ging ich auf die Tanzfläche, wo ich, ohne nachzudenken, tanzte und darauf wartete, dass die Dinge sich klärten. Zwei oder drei Songs später. Von all den Gesten um mich herum spürte ich nur noch die der stummen, latenten Brutalität, den Zorn und die Verbitterung, das schmutzige Begehren, die Lust auf Sex oder darauf, ein Verbrechen zu begehen. All das nahm viel zu viel Raum ein. Es zerstörte die Stimmung. Es war, obschon schlimmer, das gleiche Gefühl wie zu Beginn der Jugend, als ich etwa vierzehn war, gegen Ende des Collège, und meine Freunde im Pausenhof nicht mehr gespielt, sondern sich den Mädchen zugewandt hatten, über sie sprachen, sie mit all der Kraft, die sie vorher anderweitig eingesetzt hatten, umgarnten. Sie waren ernster geworden, besessen, der Kindheit entrissen, und ich hatte eben Pech gehabt, wenn ich weiterhin die ganze Pause über rennen und Verstecken spielen wollte.

Von der Mitte der Tanzfläche aus sah ich, wie zwei Türsteher die Treppe zur Empore hochgingen, Ange ansprachen und ihn aufforderten, sich zu erheben. Er schien sich aufzuregen, sie packten ihn an den Armen und nahmen ihn mit. Während sie zum Ausgang gingen, tanzte ich mit gesenktem Kopf weiter. Irgendwann schaute ich auf. Keine Spur mehr von der Sonnenbrille. Es war vorbei, sie hatten Ange rausgebracht. Ich versuchte zu denken, dass das eine gute Nachricht und ich einer Gefahr entkommen war, aber ich spürte nur eine beschämende Traurigkeit – ich hatte meinen besten Tanzpartner verloren, er würde nicht mehr kommen, ich würde ihn nie wiedersehen.

Es war nicht besonders spät, aber der Club begann bereits, leerer zu werden. Um nicht noch mehr Zeit zu verlieren, konzentrierte ich mich auf meine Bewegungen. In weniger als einer Stunde würden fast alle gegangen sein, abgesehen von denen, die betrunkener, zugedröhnter, verzweifelter als alle anderen, oder auf der Bank eingeschlafen waren. Ich musste mich beeilen und der Nacht alles abpressen, was noch in ihr steckte.

Drake – *Hotline Bling*

Ich erwachte. Er war bereits nach Mittag. Bald

begann meine Schicht. Mein Kopf war heiß, meine Beine schmerzten. Der Morgen nach dem La Plage wurde immer schwieriger, auch ohne Alkohol. Ein Morgen stapelte sich auf den nächsten. Ich bewegte mich im Bett und roch meinen ranzigen Atem auf dem Kopfkissen. Mein Bauch war gebläht, ich furzte unter der Decke, ein ekliger Gestank kroch darunter hervor. Wie hätte ich an diesem Morgen in Würde neben einem anderen Körper aufwachen können? Mein eigener war schon zu viel. Ich stand auf. Nahm eine Kopfschmerztablette mit einem großen Glas Wasser. Das dreckige Geschirr in der Spüle stank nach Thunfisch und Rührei. Auf der Kommode warteten Briefe, Wohngeld, Strom, Versicherung, die ich weder wagte aufzumachen noch wegzuwerfen. Mein Handy zeigte eine Nachricht von meiner Mutter an, die mich fragte, ob es mir gut gehe. Seit sie in Rente waren, suchten meine Eltern engeren Kontakt zu mir. Ich antwortete sofort: *Sehr gut. Liebe Grüße.* Ich hatte begriffen, wie ich vorgehen musste, um sie so wenig wie möglich zu sehen, nicht mehr verurteilt zu werden. Ich musste ihnen nur von Zeit zu Zeit ein wenig Aufmerksamkeit schenken. Da sie es gewohnt waren, nichts von mir zu hören, gaben sie sich mit wenig zufrieden: ein Lächeln, eine rasche Antwort, eine kurze Unterhaltung am Weihnachtsabend oder am

Geburtstag genügten, um sie zu beruhigen, ihnen das Herz zu wärmen und mir ein paar Wochen Ruhe zu verschaffen.

Ich ging ungeduscht hinaus. Die letzte Nacht hatte mir die Stimmung verdorben. Die Sonne stand steil über der Stadt, keine Schatten, keine Abstufungen, wie eine schlecht austarierte Diskokugel. Die Luft war schwül. Die Bäume rochen stark, Pollen flogen umher. Überall in den Straßen aßen die Leute zu Mittag. Sie standen Schlange beim Bäcker, saßen auf den Restaurantterrassen, auf Bänken, in Gruppen oder allein mit ihrem Handy. Alle hatten sie bereits einen ganzen Vormittag erlebt. Sie ruhten sich gutgelaunt aus. Manche warfen mir einen Blick zu, als ich schmutzig und schlecht frisiert, ungeduscht, unrasiert und in fleckiger Jogginghose vorbeiging. Sie erinnerten mich an meinen Vater, der, als ich klein war, am Sonntagmorgen vom Joggen heimkam und meinen Bruder und mich noch im Bett vorfand. Er regte sich dann auf harmlose Weise auf und dehnte sich im Wohnzimmer mit dem offensichtlichen Wunsch, uns wissen zu lassen, dass er zehn Kilometer gelaufen war. Als ob uns das gejuckt hätte. Für mich standen solche Leute im Abseits, waren nicht im Takt. Auf dieser Seite der Tage erwartete ich nichts mehr von ihnen, schaute sie nicht einmal mehr an, lief nur an ihnen vorbei. Sie waren wie Felder, die man durch die Fenster eines Zuges sieht, die Pfeiler, Autos, Pflaster dieser Stadt, die ich wie ein Reh zwischen zwei Straßengräben durchqueren musste, um zur Arbeit zu kommen.

Auf dem Boulevard kam ich an einem McDonald's vorbei, und der Geruch weckte gleich meinen Appetit. Ich hatte Zeit. Manchmal gab ich nach, wenn ich nichts mehr im Schrank hatte. Burger, Kebab, Pizza, diese Freuden waren beständig und die einzigen, die mir neben dem La Plage geblieben waren. Egal, wie es um meinen Waschbrettbauch stand. Man konnte ihn nur sehen, wenn ich nackt war, und zu diesem Zeitpunkt begannen meine Beziehungen bereits zu verkümmern. Entscheidend war es, auf der Tanzfläche eine gute Figur zu machen. Ich ging hinein.

Da die Automaten belegt waren, musste ich an der Kasse bestellen. Als ich zum Verkäufer hochschaute, glaubte ich zu halluzinieren: Es war Ange, ohne Brille, dafür mit Schürze, einer McDonald's-Kappe und tiefen Augenringen, vor allem unter dem rechten Auge – vielleicht ein Veilchen. Ich wollte abhauen, aber es war zu spät, Ange wartete auf meine Bestellung. Er wirkte sonderbar steif, als ob er mich nicht erkannte, aber das konnte ich nicht glauben. Er hielt sich bestimmt wegen seines Vorgesetzten zurück, der direkt hinter ihm stand. Ich hätte bluffen können, ihn freundlich grüßen und ihn fragen, wo er am Vorabend abgeblieben war, aber in meiner Panik tat ich so, als würde ich ihn selbst nicht erkennen.

»Ein Maxi-Best-of-Menü mit CBO, Potatoes, Coke Zero«, bestellte ich mit rauer Stimme.

»Zum hier Essen oder Mitnehmen?«

Mitnehmen hätte schuldig geklungen.

»Zum hier Essen«, antwortete ich entschlossen.

Ich bezahlte.

»Sie können sich setzen, wir bringen es Ihnen.«

Ich setzte mich in die Mitte des Raums, gut sichtbar, wo ich zugänglich und unschuldig wirkte. Wenn ich hätte pfeifen können, hätte ich es getan. Schweiß strömte mir den Rücken runter.

Nach etwa drei Minuten kam Ange mit meinem Tablett.

»Guten Appetit.«

Er ging ohne einen Blick davon. Wen er mir hätte etwas ins Ohr flüstern wollen, eine Drohung oder Schlimmeres, hatte er die Gelegenheit verpasst. Kurz dachte ich, dass er mich vielleicht wirklich nicht erkannt hatte, am Vorabend zu betrunken gewesen war. Ich begann zu essen. Aber als ich die Schachtel mit dem Burger öffnete, schien es mir, als hätte jemand mitten darauf gespuckt. Ich erschauerte. Ohne den Kopf zu bewegen, schaute ich aus dem Augenwinkel zur Kasse: Ange starrte mich an. Ich schlug die Augen nieder. Ich wusste nicht, was ich tun sollte. Die Spucke wog eine Tonne und trieb meinen Puls hoch. Trotzdem aß ich meine Pommes, trank die Cola und knabberte am Rand des Burgers, wobei ich die Mitte ausließ wie einen Strunk.

Ich traute mich weder, zu Ange zu schauen, noch zum Bodymax zu gehen, aus Angst, er könnte mir folgen. Also blieb ich sitzen. Ein saurer Geschmack klebte in meinem Hals, ich fühlte mich schwer und war kurz davor, mich zu übergeben, wegen des Fetts oder der Demütigung. Der Raum stank nach süßem Plastik. Durch die Scheibe fiel die Sonne heiß auf meinen Rücken, und der Schweiß begann zu brennen. Stimmen riefen Bestellnummern. Die Leute saßen an Tischen in verschiedenen Farben und aßen, Familien, Cliquen, die ihren Kater pflegten, Einsame wie ich, alle in Eile, die Finger voller Salz, so fern wie die Toten. Eine zähe und vergebliche Traurigkeit überkam mich. Ich wollte verschwinden, einschlafen oder mich wegbeamen, wie in meinen Kindheitsträumen, *nach drüben*. Die Minuten verstrichen. Ich würde zu spät zur Arbeit kommen. Egal. Ich wollte dort nicht mehr hin, und auch nirgendwo sonst, solange es Tag war. Ich würde es hinkriegen zu kündigen. Das hätte ich schon lange tun sollen, morgens nicht mehr aufstehen, mich alldem nicht mehr stellen, zwischen den Nächten schlafen, die Sonne aussperren, sie umstülpen wie einen Handschuh.

ALICIA

2018

Eines Tages verkündete mir Alicia, dass sie den Club verlassen würde. Sie war fünfunddreißig und wollte etwas mit mehr Substanz. Seit sieben Jahren arbeitete sie hier Vollzeit, ein Rekord; ihre Kollegen blieben nie länger als zwei Jahre, es waren oft Studenten, Saisonarbeiter. Die schlaflose Alicia war lange Zeit mit der nächtlichen Aktivität zufrieden gewesen, aber das war nun vorbei: Sie ging nach Angers, um mit ihrem Partner, der Koch war, eine Tapas-Bar zu eröffnen.

An ihrem letzten Abend kam sie zusammen mit ihm, Carlos, ein zurückhaltender Mann, der nicht oft ausging. Sie hatte die wichtigsten Stammgäste an der Bar versammelt, um gemeinsam etwas zu trinken. Ich gesellte mich mit schwerem Herzen dazu, blieb auf meinem Barhocker aber im Hintergrund. Im Gegensatz zu den anderen gelang es mir nicht, ihren Abschied zu feiern, meine Traurigkeit in fröhliche Nostalgie zu verwandeln. Alicia war Teil der Landschaft. Ich konnte mir den Club nicht ohne sie vorstellen, sie war ebenso wenig wegzudenken wie die Einrichtung, die Palme, der Beton der Mauern. Es war ein Erdbeben, und alle lachten, ohne es wahrzunehmen, als würden sie den Gratis-Abschiedsumtrunk irgendeines Kollegen mitnehmen. Sie waren zu zehnt, Männer an der Schwelle zur vierzig, die ich flüchtig kannte und die sich untereinander kaum besser zu kennen schienen; alte einsame Wölfe, die ein paar Abende in der Woche hier rumhingen – oft montags und dienstags, wenn alle Bars der Stadt um Mitternacht zumachten –, an den Tresen gelehnt, mit dem Fuß wippend, vielleicht am Rand tanzend. Sie deprimierten mich. Sie waren nicht die einzigen Oldies hier, aber die anderen tauchten nur gelegentlich auf: Arbeitskollegen, die zum After-Work kamen, ältere Paare, die sich für einen Abend ihre Jugend in Erinnerung riefen, Junggesellenabschiede, Junggesellinnenabschiede, Anzugträger im VIP-Bereich. Diejenigen, die immer an der Bar saßen, hatten etwas Trauriges an sich. Ich wollte nicht sein wie sie – schließlich ging ich auf die neununddreißig zu, ich war mehr oder weniger so alt wie sie. Also ging ich ihnen oft aus dem Weg. Wenn ich tanzte, mitten in der Menge, wirkte ich noch jung. Das musste der Vorteil einer verspäteten Pubertät sein: Ich war später als alle anderen gewachsen und in den Stimmbruch gekommen, war nur schwerlich zu dem geworden, was man einen Mann nennt; ich war lange ein Kind geblieben, dann ein junger Mann, wegen meiner feinen Züge, meiner haarlosen Wangen und meiner schüchternen Art, und nun kam mir das zugute, meine Verspätung der ersten Jahre hatte sich in einen Vorsprung verwandelt, ein Guthaben. Und ich hielt mich fit. Seit ich arbeitslos war, stand mir der ganze Tag zur Verfügung, um mich für den Abend auszuruhen. Ich machte weiter Sport im Bodymax, auf dem Laufband. Mein Lebensstil war tadellos, im Grunde der eines Sportlers, nur umgekehrt, vollkommen auf die Nacht ausgerichtet.

Ich verbrachte eine gute Stunde damit, auf den richtigen Moment zu warten, um mit Alicia zu reden, ihr zu sagen, dass sie mir sehr fehlen würde, aber sie war zu sehr mit den anderen beschäftigt, die darauf bestanden, ihr Drinks auszugeben. Ich beobachtete sie und fand sie toll, mit ihrem gelben Tanktop, ihrem ungläubigen Lächeln, der Leichtigkeit, mit der sie drei Gespräche auf einmal führte, und ihrer Art, die Shot-Gläser abzustellen, nachdem sie sie geleert hatte. Ich kannte sie nicht außerhalb des Clubs, ich hatte keine Ahnung von ihrem Leben, ihren Interessen, ihren Geheimnissen, nicht einmal ihren einfachsten Gewohnheiten. Irgendwann kam

Fabrice – verheiratet, Vater einer kleinen Tochter, angestellt bei Sodebo – mit glasigen Augen zu mir und riss mich aus meinen Gedanken.

»Hey, Arthur, zieh an meinem Finger!«

Ich dachte erst, dass er mir ein ordinäres Spiel vorschlug, dann sah ich, dass er mir seinen Ringfinger mit dem Ehering hinhielt.

»Ich versuche, ihn abzuziehen, aber er ist mir zu eng, du könntest es schaffen, mit deinen kräftigen Armen!«

Ich machte mich ans Werk, zog, er hielt mit dem ganzen Körper dagegen, und der Ehering löste sich mit einem Ruck.

»Hoppla! Gut, morgen reiche ich die Scheidung ein, ich habe mich entschieden!«

»Hör auf, Fabrice«, sagte Alicia, »das erzählst du mir seit sechs Monaten, du hast überhaupt nichts entschieden, du liebst deine Frau!«

»Das hat mit Liebe nichts zu tun! Lass mal, ich bin sicher, dass Arthur mich versteht!«

Er wandte sich mir zu, den Hintern halb auf dem Hocker neben meinem. Auf einmal hatte ich große Lust, mich auf die Tanzfläche zu flüchten. Ich hatte genug Zeit verloren. Jede Minute, in der ich nicht tanzen konnte, schien man mir abzuziehen und dem Tageskonto hinzuzufügen. Die Nächte waren kurz. Durchschnittlich sieben Stunden. Ich mochte es nicht, wenn man mir sie verdarb. Doch ich blieb höflich sitzen, um Fabrice zuzuhören.

»Ich fasse mich kurz ... Valérie und ich haben seit zwei Jahren nicht mehr miteinander geschlafen ... zwei Jahre! Würdest du das durchhalten?«

Ich zuckte mit den Schultern. Er beugte sich zu mir. Er roch nach Schweiß und Tequila.

»Und Vorsicht, ich sage nicht, dass das ihre Schuld ist. Es ist auch nicht meine. Die fehlende Zeit ist schuld. Verdammte Zeit! Vorher haben wir uns immerhin noch bemüht, haben jede Gelegenheit genutzt, uns sogar gezwungen, der Ehre wegen, und das genügte ... Aber seit zwei Jahren, nichts mehr! Wir haben beide aufgegeben. Es ist komisch, ich schwöre, es bereitet auf kranke Art Vergnügen, es nicht zu tun, wie eine kleine Rache, als ob es die einzige Waffe wäre, die uns noch bleibt, dem anderen den Sex vorenthalten, da wir selbst keine Lust drauf haben. Verstehst du? Also, es reicht, morgen lasse ich mich scheiden! Morgen früh! Einer von uns muss es tun! Wir sind noch jung, wir können uns nicht so aufgeben! Schau auf die Tanzfläche, all die Leute, ich habe Lust, sie alle zu küssen! Los, heute Abend tanze ich!«

Alicia half mir aus der Patsche. Sie rief:

»Ich will auch tanzen!«

Sie überließ die Bar ihrem Kollegen, ging um

den Tresen herum, um am Rand der Tanzfläche zu uns zu stoßen. Ich hatte sie noch nie auf dieser Seite gesehen. Sie baute sich betrunken vor mir auf.

»Und ich werde mit John Travolta *himself* anfangen! Davon habe ich immer geträumt!«

Sie bot mir rasch ihre Hand an, als würde sie mich auf einem Ball zum Tanz auffordern. Ich akzeptierte, begleitet von den Pfiffen der anderen.

»Keine Sorge, Carlos«, rief einer von ihnen, »er wird sie dir nicht klauen, das ist der prüdeste Typ im Club!«

Sie lachten, während Alicia mich zur Mitte der Tanzfläche zog.

Ariana Grande – *7 Rings*

Es gab zwei Arten, zu diesem Song zu tanzen: Entweder folgte man dem schnellen, abgehackten Rhythmus des Textes, oder man ließ sich von den großen Wogen im Hintergrund tragen. Während der Rest des Clubs die erste Version wählte, wurden wir, eng aneinandergedrängt, langsamer und waren allein in unserer Blase. Alicia wurde melancholisch, wenn sie trank, das sah man in ihren Augen, sie wollte mir etwas Persönliches sagen. Sie kam mit ihrem Gesicht näher, um nicht zu schreien.

»Weißt du, Arthur … du wirst mir am meisten fehlen. Du warst mein Liebling.«

Vor Dankbarkeit musste ich lächeln, und meine Augen brannten, als hätte ich in eine Zitrone gebissen. Auch ich wollte ihr etwas sehr Nettes sagen, ihr mit meinen Worten Freude bereiten, damit sie sie als Erinnerung mitnahm.

»Du wirst mir auch fehlen. Du bist meine beste Freundin.«

Kurz wirkte sie überrascht, dann küsste sie mich auf die Wange.

»Ist dir klar, wie viele Abende wir zusammen verbracht haben?«

Ich überschlug es. Es mussten mehr als tausend gewesen sein.

»Was wirst du nur ohne mich machen? Wer wird dir dein Wasser ausschenken? Niemand macht das so gut wie ich.«

»Niemand ... Ich werde auf der Toilette trinken, das verspreche ich dir.«

Sie lachte. Schweigen entstand, sie schien zu zögern.

»Mal ernsthaft ... Was wird aus dir? Ich meine, wirst du noch lange hierherkommen?«

»Ich weiß nicht ... Ja ... Warum?«

»Ich habe nie mit dir darüber geredet, weil du ein Gast warst, aber nun kann ich es, also, manchmal finde ich, dass du etwas Besseres verdient hast. Ich meine, nicht *besser*, aber ... *mehr*.«

Sie suchte nach Worten, lächelte betrunken und verschämt, nahm mich vorsichtig in die Arme, wie um den Schmerz zu kompensieren, den sie mir zufügen würde.

»Ich weiß nicht, was du tagsüber, außerhalb des Clubs machst, wir reden nie darüber, aber ich bin nicht naiv, ich weiß, dass du ein besonderer Typ bist … Du bist radikaler als die anderen … Ich habe den Eindruck, dass du alles opferst … Und ich finde dich so nett, so lieb, manchmal tut es mir leid, dass du dein ganzes Leben hier einsetzt. Du könntest so viel anderes haben … einen Beruf finden, der dir gefällt … dich verlieben … eine Familie gründen … Oder eine Reise machen, eine große Reise, einmal um die Welt … Ich würde mich so für dich freuen.«

Sie verstummte mit glänzenden Augen. Sie wartete auf meine Reaktion. Ich wusste nicht, was ich sagen sollte. Über diese Dinge konnte ich nicht mehr nachdenken, sie waren zu bedeutsam, sie drehten mir den Magen um.

»Hier geht es mir gut«, sagte ich einfach.

Sie schaute mich sanft und bedauernd an.

»Du wirst nicht dein ganzes Leben hier bleiben können … Die Zeit vergeht. Man muss sich anderen Dingen widmen … Und Geld verdienen … Arbeitslosengeld reicht nicht für sehr lange … Weißt du, ich dachte da an das Tanzen … Du bist ein großer Tänzer, daraus könntest du etwas machen … Ich weiß nicht, zu Castings gehen, in eine Truppe eintreten, Lehrer werden, einfach versuchen, davon zu leben …«

Ich fühlte mich schlecht. Sie verstand es nicht. Mein Leben drehte sich um den Club. Alles Übrige war unscharf, feindlich. Ich hatte vor allem Angst, vor der Straße, der Arbeit, dem Papierkram, den Fragen, vor unbekannten Gesichtern am helllichten Tag. Ich war gehemmt. Es war schwer zu erklären. Vielleicht ebenso schwer, dachte ich, wie nicht tanzen zu können. Das musste das gleiche Problem sein, nur umgekehrt. Ich hatte den Kampf aufgegeben. Ich wusste, dass das nicht gut war. Aber ich konnte nichts mehr ausrichten. Inzwischen war mir schwindelig, ich wollte, dass diese Unterhaltung ein Ende hatte.

»Können wir bitte einfach tanzen? Ich will nur deinen letzten Abend auskosten. Das ist alles, was heute zählt.«

Sie nickte resigniert. Ich schmiegte mich noch enger an sie, legte sanft meinen Kopf in ihre Halsbeuge und tanzte so bis zum Ende des Songs.

Der DJ ging brutal zu *Money* von Cardi B über, aggressiver Rap. Carlos, Fabrice und die anderen umringten uns hüpfend. Wir lösten uns voneinander, unsere Blicke trafen sich ein letztes Mal, und unter Lachen und Trubel verschwand alles, es gab nur noch den Tanz und die erträgliche Trauer darüber, eine Freundin gehen zu sehen.

LÉO

2019

Schließlich kam dieser Abend im Dezember 2019.

Am späten Nachmittag wachte ich auf. Das war der schlimmste Augenblick des Tages, wenn ich zum Schlafen nicht mehr müde genug war und noch mehrere Stunden bis zur nächsten Party vor mir lagen. Ich verbrachte sie wie einen Sonntag, wie ein Kranker, schleppte mich von der Küche ins Bett, masturbierte lustlos, um noch ein paar Häppchen Schlaf zu bekommen. Ich hasste meine Wohnung, die Leere darin, die Stille und das Geräusch des Kühlschranks, diesen hartnäckigen Geruch, den ich vielleicht selbst verströmte. Irgendwann öffnete ich das Fenster, um rauszuschauen. Auf der Straße war viel los. Weihnachten rückte näher. In der Ferne sah ich den Weihnachtsmarkt auf dem Boulevard. Ich erinnerte mich an den Geruch von Churros und Glühwein. Ich wurde ein bisschen traurig, also schloss ich das Fenster wieder. Ich konnte mich nicht beklagen. Ich hatte mein persönliches Gleichgewicht gefunden, das Einzige von Belang:

mit Unterbrechungen allein sein, glücklich, wenn es Nacht wurde. »Man kann nicht alles haben«, hatten meine Eltern oft gesagt.

Als die Zeit verging und das Licht schwand, stieg gelassene Freude in mir auf, bald würde ich die Bässe, die Menge, die gedrängten Leiber spüren. Ich duschte. Ich machte weder das Bett, noch räumte ich meine Wohnung auf. Aus der Schublade zog ich die letzte saubere Boxershorts, die hässlichste, mit beigen Karos, ausgeleiert, aus der Zeit, als meine Mutter noch meine Klamotten kaufte. Es würde sie ohnehin niemand zu Gesicht bekommen. Ich aß Zwieback und eine Banane, zum Kochen war keine Zeit. Ich schloss die Fensterläden, damit bei meiner Rückkehr die Sonne nicht hereinschien, und ging hinaus.

Um Punkt zweiundzwanzig Uhr stand ich frisch und schön auf dem Parkplatz. Niemand konnte ahnen, wie mein Tag ausgesehen hatte. In der Schlange standen erstaunlicherweise nur ganz junge Leute, Jugendliche. Der Stil ihrer Kleidung, die Wolke aus Stimmen und Lachen verströmte eine beunruhigende Einheitlichkeit. Ich fühlte mich ebenso unwohl wie beim ersten Mal, als ich mit Vincent und der Clique aus der Schule hier war, umgeben von älteren Leuten; ich hatte wieder das

Gefühl herauszustechen, aber dieses Mal war ich der Alte, und alle glotzten mich an.

Ohne darauf zu achten, ging ich an der Schlange vorbei zum Türsteher. Es gefiel mir, weder warten zu müssen noch durchsucht zu werden. Ich fühlte mich privilegiert. Jeden Abend sah ich Leute, die nicht hereinkamen, Männer, die zu betrunken, zu allein, oder in einer Meute ohne Frauen kamen, Provokateure, Wiederholungstäter und manchmal der Obdachlose von der Brücke, der es versuchte, ohne daran zu glauben. Sie wurden allesamt abgewiesen, in die entgegengesetzte Richtung geschickt, ins Leere, während man mir die Tür aufhielt. In meinem VIP-Stolz blieb ich jedoch immer befangen; mir schien, als ob jederzeit aus der Schlange eine Hand auftauchen könnte, um mich am Kragen auf meinen Platz zurückzuzerren, als wäre ich nicht ganz glaubwürdig, mit diesem Rest Unruhe in meinem Gesicht.

»Hallo, Mickaël, alles fit?«

»Alles fit, und bei dir?«

»Alles fit.«

Gespräch kurz halten, direkt zum Wesentlichen kommen. Die falschen Clubber kann man an ihrem manischen Geplapper erkennen. Das Draußen hat drinnen keinen Platz. Keine Arbeit, keine Probleme, kein Wetter. Im La Plage gab es kein Wetter. Es war eine wasserdichte Kiste, ein Mikroklima. Ich wollte gerade reingehen, als Mickaël mich zurückhielt.

»Es ist nur so, Arthur, dass heute Abend eine Tonus-Party steigt …«

»Tonus?«

»Eine Studentenparty. Eine Idee vom Boss. Hast du es nicht auf der Facebook-Seite gesehen?«

Ich ging nicht mehr auf Facebook, auf meiner Profilseite tat sich nichts, abgesehen davon, dass mir ein paar Leute, an die ich mich nicht erinnern konnte, weiter jedes Jahr zum Geburtstag gratulierten und das auch getan hätten, wenn ich tot gewesen wäre.

»Komm besser morgen wieder.«

»Ich kann nicht rein?«

»Theoretisch nicht, du bist kein Student.«

Er kontrollierte weiter die Leute. Ich ging auf die Seite. Umkehren wollte ich nicht. Es war absurd. Heute war nicht Sonntag. Ich musste tanzen. Ich suchte nach Argumenten. Ich war es nicht gewohnt zu insistieren, noch weniger zu streiten, aber sollte es dazu kommen, war ich bereit.

»Ich will nur tanzen … da störe ich doch keinen.«

»Das weiß ich, das weiß ich … Und du kannst wirklich nicht bis morgen warten?«

»Das ist mir nicht so recht … Ich bin es nicht gewohnt, einen Abend auszulassen.«

Er seufzte. Zum ersten Mal sah ich in seinem meist neutralen Blick einen Hauch Mitgefühl, was mich schmerzlich berührte.

»Na gut, weil du es bist. Aber du wirst dich einsam fühlen, ich will dich nur warnen … Du solltest besser bis morgen warten.«

Der Schmerz verschwand.

»Das geht schon, mach dir um mich keine Sorgen. Danke.«

»Ich hab noch nie jemanden gesehen, der so motiviert ist. Du solltest im *Guinness Buch der Rekorde* stehen.«

Ich ging an ihm vorbei, gab meine Jacke an der Garderobe ab. Man gab mir keinen Jeton mehr, ich hatte meinen persönlichen Haken. Als ich durch die Schleuse ging, atmete ich den vertrauten Geruch ein, der jedes Mal so intensiv war, als ob ich ihn zum ersten Mal wahrnähme, ein Geruch nach unterirdischem Parkhaus, nach etwas Unmittelbarem, nach einer verborgenen Welt, die dort, hinter der schwarzen Tür rumorte.

Die Tanzfläche war um diese Zeit noch leer, die Leute trudelten ein, aber noch traute sich niemand, meist ging die Bewegung gegen Mitternacht los, je nach Eingebung des DJ. Normalerweise würde ich sofort loslegen, um einzuheizen, aber ich blieb unter diesen Bedingungen lieber unauffällig. Ich ging diagonal über die Tanzfläche zur Bar. Das hatte ich seit Alicias Weggang nicht mehr getan. Ihr Nachfolger, ein leicht hochnäsiger junger Mann, sträubte sich dagegen, mir Wasser zu servieren, ohne dass ich etwas anderes bestellte, also trank ich lieber am Waschbecken auf der Toilette. Toilette – Tanzfläche, das war meine einzige Bewegungsachse. Alles andere, Empore, Terrasse, Raucherraum, VIP-Bereich, schien mir nutzlos und unterschied sich kaum von den Orten außerhalb des La Plage, voller Langsamkeit und unmöglicher Begegnungen.

Gegen dreiundzwanzig Uhr wagten sich die ersten Leute auf die Tanzfläche. Sie war schön anzusehen, diese Befangenheit, die bald vergessen wäre, verschluckt von der Menge. Ich widerstand nicht lange, glitt wie auf dem Laufband in die Mitte.

Aya Nakamura – *Pookie*

Blah, blah, blah, d'la pookie … Ferme la porte, t'as la pookie dans l'side … Ich liebte diesen Song. Ich tanzte und mimte dabei den Text, tat entrüstet, während mein Oberkörper flüssige, mein Unterkörper abgehacktere Bewegungen machte, um den Rhythmus wiederzugeben. Das hatte immer Erfolg. Mir fiel ein, dass Alicia die Musik der letzten Jahre oft kritisierte – zu viel Rap, zu wenig Melodie. Sie hatte oft zu mir gesagt, dass es früher besser gewesen sei. Das sah ich nicht so. Für mich gab es keinen

Bruch in der Entwicklung der verschiedenen Stile; sicher so, wie Eltern nicht wirklich wahrnehmen, wie ihre Kinder groß werden, wenn sie sie jeden Tag sehen, wandelte sich die Musik für mich unmerklich. Ich war nie irritiert. Ich hörte nicht, wie die Zeit voranschritt.

Nach und nach wurde es voll, die Menge bildete sich. An diesem Abend strahlte sie eine gemeinsame Energie aus, der besten Samstage würdig. Die Tonus-Wirkung. Alle hier waren Anfang zwanzig. Um mich einzufügen, musste ich mich ihnen anpassen. Vertrauensvoll streckte ich meine Hände aus, bot den Kontakt an. Aber es klappte nicht. Mehrere Versuche endeten mit dem gleichen Gefühl: Man wich mir aus, ohne Vorwurf, ganz selbstverständlich, als weiche man einem Pfeiler auf der Straße aus. Man hielt mich wohl für zu alt, um mit mir zu tanzen. Das verstand ich, ich war fast so alt wie die Väter von manchen, und das Alter war hier leider eines der Hindernisse, die zwischen den Leuten standen. Ohne in Panik zu geraten, änderte ich meine Strategie: Da Paartanzen abgelehnt wurde, würde ich eine Massenbewegung auslösen, eine ganze Gruppe zusammenschließen. Hierzu begann ich, härter zu tanzen, mich zu entfalten, Armkreise, Jetés, Dreihundertsechzig-Grad-Sprünge, ein wahrer Wirbelsturm, um sie alle mitzureißen … Aber es wurde nur schlimmer. Je besser ich tanzte, desto größer wurde die Distanz. Ich fühlte mich wie mit einer gewaltigen aufblasbaren Boje versehen. Mein Tempo riss niemanden mit, im Gegenteil, manche wurden langsamer, hörten auf, ich sah sogar zwei, die mich mit ihrem Handy filmten und dabei lachten. Mir brach der Schweiß aus, schlechter Schweiß, heiß und brennend. Um meine Würde zu bewahren, fiel mir nichts anderes ein, als weiterzutanzen, zu kämpfen, immer schneller … Ich stolperte – rechte Sohle hakte am linken Knöchel, als ich auf dem linken Bein nach rechts schwenken wollte, Anfängerfehler –, fiel auf eine Hand, und mein Handgelenk knackste. Ich rappelte mich sofort wieder auf, und um mich den Blicken zu entziehen, verließ ich mit gesenktem Blick und glühenden Wangen die Tanzfläche. Zwischen den Leibern erblickte ich die Bänke ganz hinten im Dunkel. Elend ließ ich mich dort nieder.

Ich hatte lange nicht dort gesessen. Das Leder war kalt, die Sitzfläche niedrig. Die Lichtstrahlen hielten an meinen Füßen an. Ich war außer Gefecht. Die Menge hatte sich hinter mir geschlossen, sie tanzte ohne mich weiter. Mein Handgelenk schmerzte. Ich traute mich nicht zurückzugehen. Man hätte mich wieder zurückgewiesen. Plötzlich hatte ich Angst vor den anderen, es war so schrecklich wie am helllichten Tag auf offener Straße. Der Club war entstellt, ich erkannte ihn nicht wieder. Einsamkeit drang ein wie ein kalter Luftzug, als hätte jemand die Tür offen stehen lassen. Kurz dachte ich sogar daran zu gehen.

Doch als ich mich dem Ausgang zuwandte, bemerkte ich meinen Banknachbarn, der zwei oder drei Meter entfernt saß, auch er im Abseits. Er machte mich neugierig. Der Jugendliche trug eine New-York-Kappe und hatte sich über sein Handy gebeugt. Er wirkte sehr jung, vielleicht siebzehn, und war dünn. Sein Gesicht von Akne übersät, unter der Nase ein schwarzer Flaum. Seine Schulterblätter stachen durch sein T-Shirt wie die eines Kindes. In der engen Jeans sahen seine Beine aus wie zwei Stängel, die man in massive Nike-Turnschuhe gepflanzt hatte, neu und riesengroß. Als ein Licht aufblitzte, sah ich, dass er Tränen in den Augen hatte. Ich erstarrte. Ich hatte hier noch nie jemanden weinen sehen. Alle tanzten weiter, keiner half ihm. Plötzlich wollte ich etwas für ihn tun, ich wusste nicht, was. Ihm ein Zeichen geben, ihn fragen, ob alles okay sei, ihm eine Hand auf die Schulter legen, all das schoss mir durch den Kopf, aber ich traute mich nicht. Dann fiel mir die Packung Taschentücher in meiner Hose ein. Die konnte ich ihm geben.

Ich schob mich langsam neben ihn. Er spürte

meine Gegenwart, warf mir einen misstrauischen Blick zu und schaute dann, schniefend, wieder auf sein Handy. Ich hielt ihm die Packung hin.

»Hier, wenn du willst!«

Er schaute mich erneut misstrauisch an, nahm mein Angebot aber an und schnäuzte sich kräftig.

»Danke.«

Er hatte geflüstert. War immer noch im Stimmbruch. Ich sagte »Gern geschehen«, dann entstand ein Moment des Schweigens, in dem ich wahrscheinlich hätte gehen sollen, aber ich rührte mich nicht, ich wollte die Begegnung verlängern. Mit einem Auge starrte er weiter auf sein Handy, nur um etwas zu tun. Er kämpfte. Er erinnerte mich an die Jugendlichen, die ich manchmal in Cliquen auf der Straße sah, in einem Ohr einen Kopfhörer, mit dem anderen der Unterhaltung folgend, halb zurückgezogen, wie Boxer, die nur ihr Profil zeigen, um weniger Angriffsfläche zu bieten. Er weinte nicht mehr, aber seine Augen waren rot.

Ich suchte nach Worten. Ich wusste nicht mehr so recht, wie man mit Fremden spricht.

»Alles okay?«

»Ja.«

»Wenn du ein Problem hast, kann ich versuchen, dir zu helfen, ich kenne mich hier gut aus.«

»Danke, es geht schon.«

In diesem Augenblick bauten sich drei Jungen vor ihm auf, die in seinem Alter, aber kräftiger waren. Sie verstanden nicht gleich, dass wir zusammensaßen.

»Léo, wir haben dich überall gesucht! Komm, wir finden eine für dich! Mit großen Brüsten!«

Er lachte nervös.

»Na los, komm!«

»Ich komm ja gleich!«

»Nein, jetzt, es reicht! Jungs, schnappt ihn euch, sonst bleibt er den ganzen Abend da sitzen!«

Sie begannen, ihn lachend an den Armen zu ziehen. Er wehrte sich, ebenfalls lachend, aber mit verkniffenem Gesicht, die Hände an der Bank festgekrallt, und die Laute, die aus seinem Mund kamen, klangen immer mehr wie Protestschreie. Ohne nachzudenken, stand ich auf.

»Lasst ihn in Ruhe.«

Die drei hörten auf. Meine Stimme zitterte, aber sie hatten es wohl nicht bemerkt, denn sie sahen ängstlich aus.

»Wer ist das? Léo, gehört der zu dir?«

Er lachte wieder nervös. Verwirrt starrten sie uns beide an und wichen dann zurück.

»Dann lassen wir euch mal lieber …«

Sie verschwanden in der Menge, sich einander etwas ins Ohr rufend.

»Ich komm gleich, ja?«, rief Léo ihnen mit schriller Stimme nach, seinen Oberkörper weit in ihre Richtung geneigt, als ob er versuchte, einen Waggon anzukoppeln.

Ich setzte mich wieder. Wir schwiegen. Léo traute sich nicht mehr, mich anzuschauen. Mir tat es um uns beide leid, zu gleichen Teilen.

»Sind das deine Freunde?«, fragte ich.

»Ja.«

»Und du willst nicht mit ihnen mitgehen, richtig?«

Er zuckte mit den Schultern.

»Doch.«

Er schaute auf die Tanzfläche. Auf seinem reglosen Gesicht sahen die Lichter aus wie Spiegelungen. Er zögerte, die Finger immer noch ins Leder gegraben, den Oberkörper nach vorne gebeugt. Mehrere Erinnerungen stiegen wirr in mir auf, ich sah mich als Kind oben auf dem Sprungbrett des Stadtschwimmbads, umgeben von Chlorgeruch und dem dumpfen Echo des Wassers; oben auf den Felsen in den Ferien in Spanien, mit meinen Plastiksandalen, unter mir im Fluss mein Bruder, der mir zurief, ich solle springen; schließlich hier, vor zwanzig Jahren, als ich nicht tanzen konnte, abseits der anderen, allein auf genau dieser Bank. Plötzlich brach Léo wieder in Tränen aus. Dieses Mal weinte er noch stärker, schluckaufartige Schluchzer entfuhren ihm. »Verdammt … verdammt …«, presste er immer wieder zwischen den Zähnen hervor, beschämt über seinen Zusammenbruch. Ich wusste nicht, was ich tun wollte. Gerne hätte ich ihn in den Arm genommen, aber etwas hielt mich zurück. Unser Altersunterschied war zu groß, wir kannten uns nicht, das machte man nicht. Und wegen dieser unüberbrückbaren Distanz zwischen diesem Jugendlichen und mir, glaube ich, begann ich auch zu weinen, ganz leise. Die Tränen kamen überraschend, als wäre ein Damm gebrochen. Es schien, als hätte ich sie seit der Kindheit unterdrückt. Ich versuchte nicht, sie zurückzuhalten. Ich ließ mich gehen, ohne zu verstehen, reglos neben ihm, und so blieben wir lange Zeit sitzen.

Schließlich schniefte Léo, änderte seine Haltung und schaute mich an. Sein Gesicht war verquollen, seine Lippen nass, Rotz floss über seinen Bartflaum, aber nichts davon stieß mich ab, wie das vermutlich so ist bei Leuten, die einem nah sind.

»Entschuldige«, sagte er.

Er bemerkte nicht, dass ich auch weinte, vielleicht wegen des Lichts. Er kratzte sich am Kopf, schaute auf die Uhr auf seinem Handy. Ich hatte Angst, dass er gehen würde. Mir fiel etwas ein, um ihn aufzuhalten.

»Wenn du willst, kann ich dir das Tanzen beibringen. Ich kenne mich damit ein bisschen aus. Das könnte dir helfen, dich hier wohlzufühlen.«

Er schien überrascht. Kurz glitt ein Ausdruck von schüchterner Sehnsucht über sein Gesicht, und ich dachte schon, er würde zustimmen, aber er schüttelte den Kopf.

»Ich gehe nach Hause. Es ist besser so. Aber danke.«

Er stand auf. Ich hakte nicht nach. Er zögerte, wie er sich von mir verabschieden sollte, entschied sich dann für ein Lächeln und ein Handzeichen, auf das ich ebenso antwortete. Mir wurde angenehm warm ums Herz. Er nahm den Weg an der Wand entlang. Ich sah seine Kappe in der Menge. Sie entfernte sich und verschwand.

Ich war müde, mein Kopf warm und schwer. Durch meine Tränen sah ich die Tanzenden unscharf und weit weg. Ich dachte, dass ich alles getan hatte, um mich diesen Leuten, all den anderen anzunähern, dass ich lange gekämpft hatte und dass ich mir mein Scheitern nicht vorwerfen sollte. Ich schloss die Augen, um nichts mehr zu sehen, und etwa da musste ich eingeschlafen sein.

ARTHUR

Heute Morgen

Die Gläser klirren nicht mehr, der Barkeeper ist mit dem Abwasch fertig. Jeden Moment würde er über die Tanzfläche kommen und mich sehen, mich bitten zu gehen, und ich würde gehorchen, wahrscheinlich nach Hause laufen und dann, keine Ahnung. Ich habe das Gefühl, die Wände schieben sich immer näher an mein Bett, um mich in meiner Einsamkeit zu erdrücken.

Am anderen Ende des Clubs öffnet sich die Tür, ein Mann tritt ein. Das ist der Chef, ich erkenne seine Gestalt, er kommt manchmal vorbei, immer mit Abstand, Empore, VIP-Bereich. Ich habe Angst, dass er sich aufregt, mich anfährt, weil ich noch hier bin, also tue ich so, als würde ich noch schlafen. Ich höre, wie er sich ein bisschen mit dem Barkeeper unterhält, und dann:

»Was sucht der da auf der Bank?«

»Oh, sorry, ich habe ihn nicht gesehen.«

Sie kommen näher. Ich kneife die Augen zu. Der Chef legt mir eine Hand auf die Schulter.

»Hey, Mann … Schau mich mal an … Man sieht, dass du nur so tust, als würdest du schlafen. Ich will dir nichts Böses, im Gegenteil … Ich weiß, dass du … mein bester Kunde bist.«

Ich zögere. Auf einmal rüttelt er mich fest an der Schulter, und ich öffne gegen meinen Willen die Augen.

»Na also!«

Ich sehe ihn zum ersten Mal aus der Nähe. Er ist um die sechzig, hat einen dicken Bauch, müde blaue Augen, hellblondes Haar, fast gelb, eine Färbung, denn am Ansatz sind sie weiß. Seine Wangen haben etwas Gummiartiges, seine Wangenknochen straffen seine Züge, sodass sein Gesichtsausdruck in einem sonderbaren, gefühllosen Lächeln erstarrt ist – plötzlich erkenne ich ihn wieder, er heißt Guy und hat mir eine Ohrfeige versetzt, als ich das erste Mal hier war.

»Also, was ist mit dir passiert, Junge?«

Benommen richte ich mich auf.

»Entschuldigung.«

»Zu viel getrunken gestern?«

»Er trinkt nicht«, sagt der Barkeeper.

»Was dann, Liebeskummer?«

Ich weiß nicht, was ich antworten soll. Am liebsten würde ich mich in ein Möbelstück verwandeln, damit man mich hierlässt.

»So oder so, tut mir leid, aber du musst auf jeden Fall gehen, wir haben geschlossen. Aber ich gebe dir einen aus, wenn du willst, am Ufer ist eine Bar, die früh öffnet, da können wir uns unterhalten. Ich würde nach all der Zeit gern ein bisschen mehr über dich erfahren.«

Er reicht mir die Hand, das gleiche Lächeln im Gesicht. Er wirkt immer noch einschüchternd auf mich. Ich gehorche, ohne nachzudenken. Mein Körper fühlt sich schwer an. Zusammen gehen wir über die Tanzfläche. Ich erkenne sie nicht wieder. Sie hat eine Farbe. Grau-grün. Sie klebt. Unsere Sohlen machen ein Geräusch wie Klettverschlüsse. Überall liegen Münzen, Schlüssel, Bustickets, Taschentücher, zertretene Brillen herum. Im Vorbeigehen fährt Guy über den Tresen, um zu schauen, wie schmutzig er ist. Er sieht sich das Ergebnis an, zieht eine Schnute.

»Ich hatte mit mehr Leuten gerechnet.«

Er geht hinaus, und ich folge ihm. Hinter der ersten Tür merke ich, dass ich alles aufmerksamer betrachte, als würde ich für immer gehen.

In der Schleuse warten zwei Frauen mit einem Putzwagen. Ich habe sie noch nie gesehen, noch nie darüber nachgedacht, dass der Club auch geputzt werden muss. Und doch ist es offensichtlich, wir haben ihn zertanzt. Alles muss gelöscht werden, damit die Nächsten ihn neu vorfinden, wie ein Hotelzimmer, nicht an die Nächte davor denken, sondern ihre Nacht erleben, als sei es die einzige.

Draußen ist der Himmel bereits zu hell, die Sonne drängt empor, die Stadt erwacht. Die frühen Morgenstunden haben etwas Trockenes, Erbarmungsloses. Sie saugen die dickflüssige Nacht auf wie Papier die Tinte. Ich gehe immer rasch vor der Dämmerung nach Hause, um nicht zu vielen Menschen zu begegnen, ein paar Arbeitern, der Müllabfuhr, dazu der Geruch von warmem Brot. Dieses Mal, mit Guy, gehen wir langsam vom Parkplatz zur Brücke, dann am Ufer entlang.

»Ich freue mich, dich kennenzulernen. Ich habe dich tanzen sehen. Du sorgst im Club richtig für Stimmung. Also, woher kommst du? Und wie lange kommst du schon zu uns?«

Mir fällt die Geburtstagsfeier ein. Ich traue mich nicht, ihm davon zu erzählen, aus Angst, dass es ihn verunsichert und er mich nicht mehr in die Bar mitnimmt, mich früher allein lässt als geplant.

»Seit … langer Zeit.«

»Alte Stammkunden machen Freude. Es gibt immer weniger davon. Und was gefällt dir so an diesem Club, warum bleibst du ihm treu? Das interessiert mich natürlich.«

»Ich weiß nicht … Ich bin gern unter Menschen.«

»Und du bist mit dem Ambiente zufrieden, mit dem Niveau der Partys?«

»Ähm … Ja, ja.«

»Siehst du eine Veränderung im Vergleich zu vorher, den Neunzigern? Zweitausend? Würdest du sagen, dass es da besser war?«

»Ich weiß nicht …«

»Ein bisschen?«

»Vielleicht ein bisschen, ja.«

Er seufzt, als würde er es mir übelnehmen. Ich versuche, es wieder gutzumachen.

»Aber es ist immer noch sehr gut …«

»Gib dir keine Mühe, ich sehe es ja genauso … Natürlich war es vorher besser.«

Er denkt einen Augenblick nach, fährt dann mit düsterer Miene fort, als würde er die Katze aus dem Sack lassen.

»Dir kann ich es ja sagen … Es ist ziemlich schwierig für uns geworden. Wir verlieren Geld. Es sind andere Zeiten. Vorher haben sich alle im Club getroffen, das war die Basis, aber jetzt gehen sie lieber auf Privatpartys, Konzerte, in Concept-Bars, und dann noch die Dating-Portale, Social Media … Es wird leerer. Ich gebe mir Mühe, weißt du, ich habe diese Studentenparty organisiert, solche Sachen, aber das Problem sitzt tiefer. Man muss sich nur anschauen, wie viele Clubs zumachen. Allein dieses Jahr hier in der Gegend: das Loft geschlossen, das Pili-Pili geschlossen, das Millennium geschlossen, und das Ibiza wird bald folgen. Irgendwann sind wir dran. So ist es eben. Alles verschwindet. Vorher waren es die Dorffeste, die Tanzlokale … Auch mit den Clubs ist es irgendwann vorbei. Ich gebe uns noch ein paar Jahre, vielleicht fünf. Oder weniger. Vor bösen Überraschungen ist man nie gefeit.«

Erstaunlicherweise werde ich bei diesen Worten nicht trauriger, als ob meine Erschöpfung und die vom La Plage dieselbe wären, als wäre es nur logisch, dass das eine mit dem anderen endet. Ich empfinde sogar Erleichterung.

»Wenn es so weit ist, gehe ich in Rente. Ich ziehe in den Süden, an die Côte d'Azur. Meine Tochter lebt dort. Das wird schön.«

Er schaut mich an.

»Und du, wo wirst du hingehen, wenn Schluss ist?«

Ich versuche, nachzudenken. Er lacht auf und klopft mir auf den Rücken, mit einem Mal heiter.

»Na komm, noch ist es nicht so weit.«

Die Bar heißt L'Escale. Ich bin oft daran vorbeigegangen, ohne sie zu bemerken. Die Glasfront wirkt unscheinbar, die dicken beigen Vorhänge sind zugezogen. Guy öffnet die Tür.

Wir treten in eine kleine, schlecht geheizte Raucherbar. An der Schwelle geht der Straßenasphalt in einen Kachelboden über, ohne Stufe, ohne Absatz. Von der Decke fällt weißes Licht. Es gibt einen Zinktresen, ein paar Tische, einen Fernseher, in dem Sport läuft, der aber vom Radio übertönt wird, und an den Wänden Gruppenfotos. Ein Dutzend älterer Männer zwischen vierzig und sechzig sitzt bei Kaffee, Bier oder Wein. Obwohl es früher Morgen ist, wirken sie schon müde oder sind nur noch nicht richtig wach.

»Hallo, hallo! Ich stelle euch Arthur vor, meinen besten Kunden. Rekordhalter in La-Plage-Besuchen. Ein großer Tänzer.«

Sie grüßen mich interessiert. Einer von ihnen, der ganz hinten sitzt, klatscht sogar in die Hände.

»Ja, da könnt ihr applaudieren.«

Und alle applaudieren mir wie einem Champion. Ich bleibe eingeschüchtert auf der Schwelle stehen. Guy führt mich zu den Barhockern.

»Hallo, Sylvie.«

Er begrüßt die Barfrau mit Wangenküsschen. Sie ist über sechzig, trägt langes, offenes Haar und ein enges schwarzes Top, das am Bauch und an den Hüften kleine eingezwängte Speckröllchen erkennen lässt. Sie hat ein schönes Lächeln.

»Einen Kir, bitte. Arthur, was trinkst du?«

Da ich eingeladen bin, traue ich mich nicht, Wasser zu bestellen.

»Gin Tonic, bitte.«

»Ich habe keinen Gin mehr, entschuldige.«

»Dann … das Gleiche.«

Sie stellt unsere Getränke auf Bierdeckel. Er hebt sein Glas.

»Auf das La Plage!«

»Auf das La Plage!«

Wir trinken schweigend. Ich rechne damit, dass Guy weiter mit mir spricht, aber er sagt nichts mehr, versinkt in Gedanken, den Blick ins Leere gerichtet. So vergehen ein paar Minuten. Dann trinkt er sein Glas aus, legt Geld auf den Tresen und sagt:

»Arthur, ich gehe nach Hause.«

Er steht von seinem Hocker auf, spontan tue ich es ihm nach, aber er hält mich zurück.

»Bleib, bitte, ich will dich nicht hetzen. Ich habe genug hingelegt, damit du noch etwas bestellen kannst, das geht auf mich. Und Sylvie wird nett zu dir sein, nicht wahr, Sylvie?«

»Kriegen wir hin …«

Ich zögere. Auf keinen Fall will ich nach Hause, aber allein an diesem Ort zu bleiben, mit Leuten, die ich nicht kenne, macht mir Angst.

»In Ordnung«, sage ich dennoch versuchsweise. Guy gibt mir die Hand.

»Es hat mich gefreut, dich kennenzulernen. Danke, dass du meinen Club am Leben hältst. Bis bald also?«

Ich lächle, um nicht Ja zu sagen. Beim Hinausgehen dringt ein Sonnenstrahl bis zum Tresen vor und zieht sich zurück, als er die Tür schließt und den Raum wieder dem künstlichen Licht überlässt.

Alle Männer schauen mich an. Sie lächeln. Sie scheinen sich zu freuen, dass ich bei ihnen bleibe. Ich fühle mich ein bisschen wohler, sogar geschmeichelt. Ihre Körper rühren sich nicht, doch es geht eine ungewohnte Sanftheit von ihnen aus, eine große Zugänglichkeit. Ich lächele zurück und trinke weiter.

»Nun«, sagt Sylvie, »du bist also ein großer Tänzer?«

Ich werde rot.

»Es scheint so …«

»Welche Art von Tanz?«

»Das kommt auf die Songs an. Ich mag eigentlich alles.«

»Pass auf«, sagte einer der Männer, »sie tanzt auch gern, und versucht manchmal, andere zu überreden …«

Ein paar lachen. Ich denke kurz nach, um etwas Nettes zu sagen.

»Das würde mich nicht stören.«

»Ganz schön heiß, der junge Mann …«

»Also«, sagt Sylvie, »ich nehme dich beim Wort!«

Sie stellt den Ton des Fernsehers ab und schaut auf ihr Handy. Mein Herz schlägt schneller.

»Was nehme ich … Nichts zu heftiges, ich bin ein bisschen eingerostet … Ah, das ist lustig.«

Sie wählt einen Disco-Song. Ich erkenne ihn wieder, *I Wanna Dance With Somebody* von Whitney Houston. Meine Eltern hörten ihn manchmal beim Kochen, fällt mir ein, ich saß mit baumelnden Beinen auf dem Sofa und klatschte schüchtern in die Hände. Sylvie kommt hinter dem Tresen hervor und streckt mir ihren Arm entgegen: *Oh, I wanna dance with somebody … I wanna feel the heat with somebody … Yeah, I wanna dance with somebody … With somebody who loves me …*

Ich zögere, ob ich ihre Hand ergreifen soll. Morgens habe ich noch nie getanzt. Doch einen Versuch ist es wert. Wenn man es recht überlegt, gibt es dafür eigentlich keine bestimmte Zeit. Sie zieht mich in die Mitte der Bar. Ihr Körper ist warm. Er legt sich lose an meinen. Das ist alles. Ich fühle mich wohl. Ich bin nicht allein. Man ist nie allein, wenn man mit jemandem tanzt.